LES ARSACIDES,

TRAGÉDIE.

LES ARSACIDES,

TRAGÉDIE

EN SIX ACTES;

Par M. PEYRAUD DE BEAUSSOL :

Récitée au Théâtre, pour la premiere fois, par les Comédiens François ordinaires du Roi, le Mercredi 26 Juillet 1775.

Le prix eſt de 30 Sols.

A PARIS,
Chez la Veuve DUCHESNE, Libraire, rue St-Jacques,
au-deſſous de la Fontaine Saint-Benoît,
au Temple du Goût.

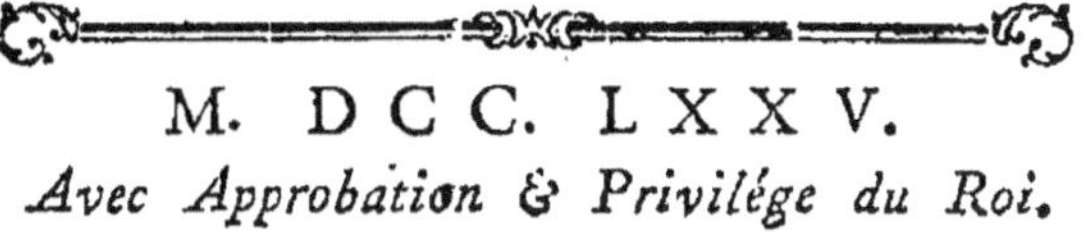

M. DCC. LXXV.

Avec Approbation & Privilége du Roi.

PRÉFACE.

ON ne peut pas dire de bonne foi que cette Tragédie ait été repréſentée. On en a tout au plus, à deux Scènes près, conté ou récité, à bâtons rompus, quelques détails au public; auſſi n'en ſait-on guères que le titre : *Les Arſacides, les deſcendans d'Arſace*, voilà à-peu-près ce que les récitations en ont pu apprendre aux Spectateurs. Nous n'en ſçaurions pas nous-même davantage, ſi nous ne l'avions vue que ſur les planches, tant les rumeurs du parti qui en traverſoit le ſuccès étoient continues & tumultueuſes. C'étoit le dernier effort d'une vieille & gratuite perſécution.

Cependant pluſieurs perſonnes ont jugé notre Ouvrage avec autant de ſécurité que s'ils l'avoient ſçu par cœur. Nous rapporterons les reproches qu'elles nous font ſur le nombre inſolite des ſix Actes; ſur la multiplicité des principaux rôles de Femmes que nous avons mis dans notre Piéce, que quelques-unes d'entre ces perſonnes prétendent donner l'air de la molleſſe à un ſujet qui de ſoi eſt robuſte & mâle. Nous rapporterons ces reproches & quelques autres; nous dirons les motifs qui nous ont déterminé à l'étendue de notre plan, & les réflexions philoſophiques qui nous ont invité à y employer trois Femmes principales. Nous parlerons aussi des Acteurs & des Actrices que nous avons chargés de nos rôles principaux, & nous entrerons dans les détails des rumeurs qui en ont déconcerté le Jeu. Mais nous devons placer avant ces détails, les raisons qui nous ont disposé à suspendre le cours des récitations de la Pièce, afin qu'on n'attribue pas cette interruption au Public, qui a applaudi avec transport à tout ce que la cabale fatiguée ou curieuse a bien voulu lui en laisser entendre par intervalles. Que sçait-on ? Si cette Tragédie, malgré ses imperfections, venoit malheureusement à être jamais reconnue pour un très-grand Ouvrage, l'étourderie de quelques jeunes marmots, que je crois étrangers, & de je ne sçais quel pays, car ils n'entendent pas le François & ils ne sont pas honnêtes, attireroit à notre Nation, qui a fait tant d'honneur aux parties de notre Ouvrage qu'elle a entendues, le reproche de manquer d'élévation, de sentiment & de goût. Il seroit extravagant de penser qu'elle fût exposée à ce reproche; mais il est toujours prudent de tout craindre, afin de tout prévenir.

Malgré le tumulte qui troubloit la récitation de notre Pièce, nous avions le droit d'exiger que le Spectacle en fût continué, & nous avions réclamé ce droit auprès de M. le Premier Gentilhomme de la Chambre en exercice, qui, dans cette occasion, n'a pas moins distingué son zèle pour la justice que son amour pour les Lettres. Avant & après la première récitation des *Arsacides*, nous en avons toujours obtenu ce que nous en attendions, & même ce que nous n'en attendions pas. La justice s'en montra un peu plus difficile après la seconde, seulement parce qu'elle ne pouvoit que nous être funeste. Elle ne se refusa point à nos sollicitations, mais elle en retarda le succès; & c'est le plus beau modèle d'injustice à proposer aux hommes en place.

Cependant nous comptions sur la suite des récitations de notre Tragédie; la troisième en avoit été annoncée, & nous portions l'aveuglement jusques à espérer qu'on laisseroit au public la liberté de l'entendre, lorsque la persécution, dont elle étoit l'objet, nous procura l'honneur d'être plaint par un très-juste & très-grand Prince, & l'heureuse occasion de lui faire un sacrifice volontaire de nos droits. Nous l'avons fait, ce sacrifice, en présence & d'après les conseils d'un personnage grave & caractérisé, dont la raison nous a paru bien supérieure à la nôtre. C'est la seule lumière qui nous ait conduit dans cette affaire, où nous n'avons mis de notre propre fonds, que la bonne volonté de la terminer d'une manière qui fût agréable.

C'est à cette anecdocte que doivent se réduire les différens bruits qu'a occasionné la subite disparution des *Arsacides*. Nous passons aux différens reproches qu'on fait à cette Pièce.

On nous reproche de nous être élevé au-dessus d'une mesure consacrée par les préceptes & par les Ouvrages des plus grands génies de toutes les Nations & de tous les siècles, & on crie que par cette seule raison l'Ouvrage est digne d'une proscription universelle, fût-il par l'exécution aussi supérieur à tous les Ouvrages de ce genre, qu'il est au-dessus d'eux par l'étendue.

Cette critique, qui est la plus générale, est de pure fantaisie; ceux qui s'en amusent, n'ignorent pas que les Gens de Lettres forment une république très-libre : nous ſçavons que cette république a ſes loix ; qu'il n'y eſt pas permis, par exemple, de faire de ſes talens un uſage qui ſoit funeſte à perſonne : mais nous ſçavons également qu'elle a eu la ſageſſe de ne porter aucune loi qui pût gêner l'eſſor d'aucun talent, & que dans cette république les hardieſſes du génie ſont une des libertés dont jouiſſent les citoyens qui la compoſent. Nous laiſſerons donc aux *Arſacides* les ſix Actes qui lui ſont eſſentiellement néceſſaires, & nous les lui laiſſerons pour notre gloire & pour le plaiſir même de ceux qui nous les reprochent ſi amèrement.

Cependant cette liberté n'eſt pas le ſeul motif qui ait diſpoſé notre imagination aux efforts qu'exige un très-grand plan ; nous avons fait relativement au même objet, d'autres études, dont nous nous bornerons à indiquer ici le réſultat.

Nous avons long-temps réfléchi ſur la nature de l'eſprit humain, ſur les forces morales & phyſiques de l'homme. Cet animal raiſonnable & éternel nous a paru ſe porter naturellement au grand de toutes parts : notre Nation, ſur-tout, nous a ſemblé y aſpirer plus ſenſiblement. On a beau nous crier aux oreilles qu'elle eſt légère, c'eſt une erreur ou une calomnie. Elle eſt vive & profonde, elle n'a que les agrémens de la légèreté. Une Nation qui compte de ſi grands Rois, de ſi grands Miniſtres, de ſi grands Hommes d'Epée, de ſi grands hommes de Lettres ; une Nation dont tous les monumens décèlent la grandeur ; une Nation qui a réſiſté à tant de Puiſſances réunies ; une Nation qui a produit & qui eſtime le grand Corneille, n'eſt point une Nation légère. Elle eſt grande, elle peut ſourire à un Ouvrage frivole, à-peu-près comme Hercule ſourioit aux gentilleſſes du Bambin Hylas; mais un Ouvrage profond & ſublime excite toujours en elle une délicieuſe admiration : elle a fait ſes preuves; enfin elle nous a impoſé, & nous ne croyions jamais pouvoir lui préſenter un Ouvrage qui lui parût grand. Le plan du nôtre peut être mal conçu, mal exécuté; mais du moins eſt-il ſenſible que ce plan même fait preuve de la haute opinion que nous avons toujours eue de l'homme en général, & de l'homme François en particulier. C'eſt à cette opinion que nous devons la terreur & le courage qui ont retardé ou ſoutenu les efforts que nous avons faits pour mener à ſa fin une Tragédie qui peut bien n'avoir pas le mérite d'une ſeule, mais dans laquelle on reconnoîtra un jour le travail de cinquante Ouvrages de ce genre, & tout au moins; encore n'eſt-elle pas arrivée au période de perfection où nous eſpérons de l'élever.

D'un autre côté, & par rapport à nous-même, nous avons recherché les devoirs d'un Poète tragique, relativement à l'étendue qu'il doit donner à un plan de Tragédie. Nous les avons reconnus, & il eſt bon de les écrire ici, ces devoirs, afin d'apprendre à nos Critiques, qu'ils ne nous reprochent autre choſe que de les avoir remplis.

Un Poète tragique eſt un homme de toutes les Nations & de tous les ſiècles; il a toujours, & doit toujours avoir le deſſein de créer un Ouvrage qui ſerve éternellement aux mœurs, à la gloire, aux plaiſirs de ſa Patrie, & aux mœurs & aux plaiſirs du reſte des Nations : un Ouvrage qui, traduit & repréſenté par-tout, inſtruiſe & plaiſe de toutes parts ; un Ouvrage immortel , enfin. Ses vues embrassent donc la Nation & les Nations. Or un grand, mais un très-grand Ouvrage, peut seul obtenir ces honneurs universels , ces honneurs éternels, auxquels doit aspirer & applaudir un Poète tragique , qui sent toute la dignité & toutes les difficultés de son Art.

Mais il n'y a point de grand Ouvrage où il n'y a point de grand plan. Les Tragédies dont notre Littérature se fait honneur , en ont de très-étendus. S'il est possible d'aller au-delà, pourvu qu'on sçache s'arrêter en deçà des forces de l'esprit humain, il est du devoir & de la gloire des Poètes tragiques de l'entreprendre ou d'y encourager. Et c'est le second motif qui a mis notre esprit en action ; il a conçu un grand plan, dont l'exécution s'est trouvé entraîner tout naturellement six Actes très-étendus. Eh bien ! si par bonheur la Pièce étoit excellente , & qu'elle fût bien représentée , ce seroit trois quarts-d'heure de plaisir que nous procurerions de plus à nos Spectateurs : ne voilà-t-il pas un crime digne de la proscription universelle que l'on prononce contre notre Ouvrage. Nous en appellons, mort ou vif , aux futurs Spectateurs de la Pièce bien représentée.

D'autres Critiques prétendent que les six Actes pourroient facilement être réduits à cinq sans en altérer le fonds. La réponse à cette critique entraîneroit l'analyse de toute la Tragédie : de tels développemens appartiennent plus particulièrement au genre polémique , & ne peuvent guères être la matière d'une Préface : d'ailleurs, ils lui donneroient plus de volume que n'en a l'Ouvrage même. Nous avons cru devoir les consigner dans un examen critique & apologétique des *Arſacides*, que nous publions en même tems que la Pièce.

Cet examen établira, il fera toucher au doigt & à l'œil l'impoſſibilité abſolue, & très-abſolue, de la réduction que l'on trouve ſi facile; il prouvera que la gradation & le développement de l'intérêt exige néceſſairement ſept Actes, & que dans la crainte de porter trop loin l'innovation, on en a rejetté un derrière la Scène, que le ſujet amenoit très-naturellement entre le cinquième & le ſixième, & dont le fonds étoit d'une beauté impoſante; ce qui eſt un défaut dans la Pièce, car les Scènes qui compoſent cet Acte ne peuvent jamais être de celles que l'art doive éloigner des yeux du Spectateur. Cet examen démontrera que la texture de la Pièce n'eſt point au-deſſus des forces morales de l'homme, que la durée en eſt également au-deſſous de ſes forces phyſiques, & qu'elle n'eſt point contraire aux conventions ſociales fixes auxquelles ſeules un Poète tragique doit avoir égard. Il apprendra que le fonds de l'intérêt en eſt plus riche qu'il ne faut, pour ſoutenir agréablement l'attention du Spectateur pendant deux heures & trois quarts que doit durer la Repréſentation, & trois heures même, ſi la déclamation n'en étoit pas auſſi rapide qu'elle doit l'être en un grand nombre d'endroits. Toutes ces preuves ſeront éclairées par le jour le plus lumineux; &, par parenthèſe, il viendra un temps où une ſeule Repréſentation de la Pièce mettra toutes ces vérités dans un bien plus grand jour encore.

Qui n'a plus qu'un moment à vivre,
N'a plus rien à dissimuler.

A l'égard des raisons qui nous ont invité à mettre trois principaux personnages de Femme en présence de deux principaux personnages d'Homme, elles sont l'effet de nos réflexions sur l'ascendant naturel que ce sexe a sur le nôtre; il attire plus aisément l'attention, il excite plus sûrement l'intérêt : d'ailleurs, il a fallu pour plaire à cette aimable moitié de nos Spectateurs, adoucir en quelque sorte l'effet du caractère féroce ou terrible que nous avons donné à nos personnages d'Homme, par l'effet de celui que nous avons donné à nos personnages de Femme; & pour en satisfaire l'universalité, & remplir nos devoirs de Poète tragique, il a fallu confier à des femmes l'intérêt de la Pièce & l'exercice des vertus dont nous voulions inspirer ou entretenir le goût. Nous ne concevons point comment des femmes dont le caractère est assorti à celui des hommes, qu'elles ne font que tempérer & contraster, peuvent donner l'air de la mollesse à notre Sujet. Cette critique est bien hasardée.

D'ailleurs, il est certain qu'au Théâtre, & même dans la société, les grandes actions d'une femme font toujours plus d'effet que celles d'un homme; la délicatesse physique de leur sexe contraste merveilleusement avec la force morale que ces grandes actions supposent; leurs graces naturelles y ajoûtent un nouvel éclat, & l'amour qu'elles inspirent mène à l'amour des vertus qu'elles pratiquent.

Quel eſt le Spectateur attentif, qui, brûlant de vengeance ou diſpoſé à l'ingratitude, ne prendra pas des ſentimens de généroſité ou de reconnoiſſance à la vue de Glaphire, qui, maîtreſſe de ſe venger de l'ingratitude que Tigrane affecte pour les bienfaits qu'il en a reçus, de l'infidélité odieuſe & du ſanglant affront qu'il lui fait, triomphe de la vengeance dont elle éprouve les tranſports, & n'écoute dans le parti qu'elle prend d'ôter la Couronne à Tigrane & de la mettre ſur la tête du rival de ce Prince, que les intérêts de ſes propres ſujets, & la reconnoiſſance qu'elle doit aux Romains, antiques amis & bienfaicteurs de ſa maiſon, & les ſiens même, & porte la généroſité juſques à s'occuper du ſoin d'aſſurer les jours du Prince qui l'a ſi cruellement outragée.

Quelle eſt la Marâtre, quel eſt le Parent barbare, qui, inſenſible au ſacrifice que Volgéſie fait de ſa Couronne & de ſes jours pour ſauver ſa fille & ſon gendre, & perpétuer ainſi le nom & les vertus de ſa race, dont ils ſont le précieux reſte, n'éprouvera pas le ſentiment de l'amour maternel, ou ne ſe reprochera pas ſa dureté pour les infortunés de ſa famille ? Cet exemple, pour être placé ſi haut, ne laiſſe pas d'être utile aux différens ordres de la ſociété ; chaque particulier le met à ſa portée, & en prend ce qui lui convient.

Quel eſt le Parjure, quel eſt l'Impie, que ne touchera point le ſpectacle de la conſtance de Barſénice à garder les ſermens qu'elle a faits à Thermodate au pied des autels & en préſence de ſa mère ? Et quel eſt le Débauché ſur qui cet exemple de foi conjugale ne fera aucun effet ?

L'éclat de ces vertus ressortit bien mieux & intéresse beaucoup plus dans une femme que dans un homme, & même quelques-unes d'entre elles pourroient y grimacer & manquer ainsi leur effet, parce que la pratique en appartient plus particulièrement au Sexe ; & ce sont toutes ces raisons qui ont déterminé le nombre des Femmes que nous avons mises dans notre Tragédie, & l'emploi que nous leur avons confié.

Voilà les reproches qu'on nous a faits par rapport à notre Ouvrage, & il s'est trouvé des Critiques, ou du moins un Critique, qui nous en a fait sur notre conduite. « Cet Auteur n'est pas » riche, disoit un bon ou mauvais Plaisant ; il » eut beaucoup mieux fait de solliciter l'amitié » de quelque Croesus, que les faveurs de Melpo» mène ».

Nous ne nous servirons point de notre esprit pour répondre à ce Monsieur, qui ne nous a pas paru en faire beaucoup de cas. Nous mettrons à notre usage la sublime simplicité d'une femme forte du seizième siècle ; nous lui répondrons ce que Catherine de Rohan, qui sentoit toute la dignité de son origine, répondit à Henri IV, qui lui faisoit une déclaration galante. « Je suis trop » pauvre, Sire, pour être votre femme, & je suis » de trop bonne maison pour être votre maitresse ». Et moi je répondrai : « Je suis trop pauvre, Mon» sieur, pour être l'ami d'un Croesus, & je suis » trop bien né pour en être l'esclave ».

Nous avons à présent bien des choses à dire sur la cause primitive des rumeurs tumultueuses & indécentes qui ont si opiniâtrément empêché l'effet des *Arſacides*. Mais quelles choſes ! que de petites intrigues ! Les idées en ſont déja loin de nous. Cependant en laiſſant la cauſe, il eſt néceſſaire de parler des effets d'une manière étendue, afin que ce que nous en avons déja dit n'ait point l'air de ces illuſions que ſe fait quelquefois un Auteur ſur les véritables raiſons du mauvais ſuccès de ſon Ouvrage.

Les perſonnes qui ne ſé ſont trouvées à aucune des deux Récitations des *Arſacides*, auront bien de la peine, après avoir lu ces détails, à comprendre comment on a pu deviner qu'il y avoit des longueurs énormes dans une Pièce qu'on n'avoit ni lue ni entendue.

Quel eſt le Spectateur de bonne-foi qui puiſſe dire avoir d'autres idées de la Pièce que celles qu'il en a priſes dans les deux Scènes des deux Rois, qu'on a laiſſé entendre & applaudir ? Et pourquoi a-t-on laiſſé entendre ces deux Scènes plutôt que d'autres ? c'eſt un ſecret qu'on ne devine point. Et qu'on ne diſe pas qu'elles ſont ſi ſublimes, qu'elles ont impoſé à la cabale elle-même ; elles peuvent avoir quelque mérite, mais ce n'eſt point là la cauſe du ſilence qu'on a gardé. Il y en a, dans le cours du reſte de la Pièce, de beaucoup plus belles, & par le fonds, & par la forme. La Scène du ſacrifice de Volgéſie eſt une fois plus belle ; il n'y a pas un vers, un hémiſtiche, un mot à retrancher : tout y eſt néceſſaire ; ſoit qu'on l'entende au Théâtre, ſoit qu'on la liſe dans le ſilence du cabinet. Et c'eſt une des principales longueurs qu'on nous ait reprochées ! nous n'en ſommes point étonnés ; ce qu'on écoute & qu'on n'entend pas, eſt toujours fort long. D'ailleurs, ce qu'on a pu en entendre étoit déguisé sous des tons étrangers à la chose; l'Actrice qui y jouoit le rôle de mere, avoit été tout récemment indisposée, elle n'étoit pas encore bien, & le tumulte lui donnoit de l'humeur: elle avoit besoin de se plaindre, elle s'est soulagée; elle a mis toute la Scène en complaintes, elle l'a psalmodiée, & psalmodiée sur le ton du *Libera :* cela est fort naturel.

Ainsi le Spectateur, ou n'entendoit point, ou entendoit des discordances si fatiguantes, qu'elles ne lui laissoient pas la liberté de séparer les mots & les pensées du plain-chant auquel on les associoit. D'un autre côté, la cabale coupoit si souvent le fil des idées & la filiation des Scènes, qu'il n'étoit pas possible de renouer à chaque instant ce qu'on entendoit avec ce qu'on avoit entendu; & dans les courts intervalles de silence, les Acteurs qui, pendant le tumulte, avoient perdu l'esprit de leurs rôles, le retrouvoient difficilement, & par-là même rendoient ce rapprochement impossible. Ils étoient inquiets de ce qui se passoit & de ce qui devoit se passer encore : il étoit aisé de le prévoir. Les dispositions du parti qui causoit le trouble étoient trop fortement prononcées, pour que l'on pût s'y méprendre, & c'est la seule faute qu'il ait à se reprocher. Il s'est conduit dans les détails de la conspiration avec un art & une intrépidité admirable. Jamais conjurés ne furent plus intelligens & mieux disciplinés. Ils avoient dans la tête, & quelques-uns sur des quarrés de papier, les mots de ralliement dont ils étoient convenus; le point précis où il falloit intercepter l'effet d'une situation; les instans où il falloit une rumeur plus forte, afin de

couvrir

couvrir la voix de l'Acteur qui avoit un morceau de passion à déclamer, & de rompre les rapports de son jeu avec celui des autres Interlocuteurs. Tous ces moyens ont produit aussi précisément leurs effets, que si les Acteurs se fussent concertés avec le parti qui les inquiétoit, tant l'exécution en étoit sçavante & active.

C'est sur-tout au cinquième & au sixième Acte que la cabale s'est évertuée : on sçavoit que c'étoient les plus beaux ; ils méritoient un traitement particulier. D'ailleurs, la Pièce tendoit à sa fin, & on ne vouloit pas qu'elle y arrivât. Elle se soutenoit par la variété des Scènes qui amusoient les yeux, & dont les oreilles attentives saisissoient toujours quelques vers. Il s'est élevé alors un bourdonnement si sensible & si continu, qu'il a tourné la tête aux Acteurs : quelques-uns ne retrouvoient plus leur organe naturel ; d'autres remontoient du cinquième au quatrième Acte ; le Souffleur avoit beau crier, on ne l'entendoit pas, on alloit en avant ; l'Interlocuteur qui ne reconnoissoit plus sa réclame, demeuroit interdit & décontenancé ; le Souffleur ou la mémoire ramenoit enfin notre pauvre égaré au quatrième Acte qu'il reprenoit ; l'ensemble étoit rompu, toutes les idées se croisoient ; on disoit cependant, mais ce n'étoit plus que de l'hébreu. Ce n'est rien encore, la terreur avoit gagné jusqu'aux Acteurs qui étoient dans les coulisses ; ils y restoient retranchés, ou ils ne venoient sur la Scène qu'en tremblant, & à la voix ou au signe de ceux qui s'y escrimoient encore. La consternation est générale, tous les rôles manquent à la fois. Le Machiniste qui croyoit en jouer un assez grand pour s'intéreſſer au ſort de la Pièce, ſeul exempt de terreur, & grave & tranquille, compoſe ſur le dénouement dans l'inſtant même où il s'agit d'ouvrir le fond du Théâtre, qui doit en expoſer l'appareil aux yeux du Spectateur. Il imagine de mieux ménager le plaiſir de la ſurpriſe. Il laiſſe dans l'inaction pendant cinq minutes les Acteurs qui étoient ſur la Scène, muets & les bras croiſés. O la belle compoſition ! Il ouvre enfin le fond du Théâtre, dont le ſpectacle manque la moitié de ſon effet, & le Parterre fait ſon affaire du dénoûment, qu'il coupe par piéces & par morceaux.

Tels ont été la conduite & le courage de la milice qu'on a employée au ſiège des *Arſacides*. Telle eſt encore la cauſe des reproches de longueurs qu'on fait à une Pièce qui a viſiblement le défaut contraire.

Malgré tant d'obſtacles, & nous devons cet aveu à la vérité & cet hommage au talent, M. Molé, que nous avions chargé du Rôle de Thermodate, M. Molé ſeul, dans le troiſième & quatrième Acte, a fait tête à l'orage, & c'eſt ſans doute cet Acteur qui a impoſé pendant deux Scènes très-longues aux Génies malfaiſans qui l'excitoient. Il nous a fait illuſion à nous-même, & nous avons cru voir tout vivant un héros de notre fantaiſie : il a mis dans le Jeu de ces deux Scènes tout ce que le jugement le plus ſain ; tout ce que l'intelligence la plus profonde de ſon Rôle & de ſes effets ; tout ce que l'imagination la plus vive & la plus ſage ; tout ce que le goût le plus ſûr & le plus exquis ; tout ce que le ſentiment le plus fin ; tout ce que la dignité unie à la férocité naturelle d'un caractère ;

enfin tout ce que l'énergie d'une ame robuste peut prêter d'éclat à un grand Rôle. Il n'est jamais sorti de la nature, & peut-être nous y a-t-il fait quelquefois rentrer nous-mêmes. Aussi quels effets n'ont pas produit ces deux Scènes ! La cabale n'applaudissoit pas, mais elle laissoit entendre & applaudir : c'en étoit assez, & nous étions sûr du même succès pour les Scènes suivantes, si elles eussent été entendues aussi tranquillement, & jouées avec cette supériorité de talens ; mais l'orage qui a recommencé après ces instans de calme, & qui s'est toujours accrû jusqu'à la fin de la Pièce, l'a enfin déconcerté lui-même par dégrés, & il a fait sa part, ainsi que les autres, des longueurs qu'on nous reproche. Nous ne nous en plaignons point ; il n'y a rien là que de fort naturel.

M. de Larive, à qui nous avions confié le Rôle de Tigrane, avec un grand fond de moyens spirituels & physiques, n'a pas eu tout-à-fait la même fermeté dans les deux Scènes dont nous venons de parler, il n'a point obtenu les mêmes applaudissemens ; on ne peut nier cependant que son Jeu, dans ces deux Scènes & dans plusieurs autres, n'ait été très-naturel & très-sagement raisonné : il avoit parfaitement l'intelligence de son Rôle, & il ne lui a manqué que de l'encouragement pour le rendre avec un très-grand succès.

Madame Vestris, chargée du Rôle de Glaphire, n'a pu en obtenir aucun ; il étoit arrêté qu'on ne lui laisseroit pas la liberté de développer les talens qu'on lui connoît. On avoit mis dans la tête du Parti, qu'elle ne viendroit sur la Scène que pour prêcher l'esclavage : ce Parti étoit sûrement composé d'étrangers, comme on l'a déja dit :

ils n'entendoient pas le françois ; ils ont cru, d'après leur prévention, que chaque mot du Rôle de cette charmante Actrice signifioit que rien n'est plus doux que de porter des fers aux pieds & aux mains : aussi dès qu'elle a paru, & avant qu'elle ouvrît la bouche, un murmure qui portoit le caractère du dédain lui a coupé la parole & a affoibli son organe ; au point qu'on n'entendoit rien de ce qu'elle disoit. Elle n'a pu même, en cet état, faire usage de ses talens ; & quoiqu'elle ne fît point de contre-sens, elle ne mettoit dans son Jeu ni la variété ni la chaleur qui étoient dans son Rôle : rien n'étoit faux, & tout étoit manqué. Les désagrémens qu'elle a éprouvés nous ont fait une véritable peine. C'est peut-être la première fois que les graces ennoblies par une douce & juste fierté, n'ont rien dit au cœur des François : il n'y avoit qu'à la laisser dire & faire, ç'eût été la plus belle chose du monde.

A l'égard de Mademoiselle de Saint-Gervais, qui a joué le Rôle de Barsénice, Héroïne de la Pièce; elle ne s'en est chargée que pour rendre service à sa Société & à Mademoiselle de Raucourt qui l'avoit déja étudié, & qui est tombée malade précisément vers le temps de la première récitation. Ce Rôle, qui est très-difficile, n'étoit point de son emploi; elle n'a même pas eu le temps d'en bien prendre l'esprit. Cependant elle a rendu certains morceaux avec assez de vérité ; mais elle a joué la Scène de la reconnoissance d'une maniere bien nouvelle ! elle auroit sans doute beaucoup mieux fait, si on eût moins inquiété son Jeu & qu'elle eût eu un peu plus d'organe & beaucoup moins de feu. Cette Actrice a une grande mémoire, & elle ne manque pas d'intelligence.

Quant à l'Actrice à laquelle nous avions confié le Rôle de Volgésie, qui certainement est très-beau & très-peu difficile, on nous a assuré qu'elle avoit des talens, & des talens avoués du Public. Nous n'avons à en dire que cela; nous n'avons pas été à portée d'en juger nous-même. Nous ne faisons point usage de notre droit; nous n'allons point au spectacle.

Nous ne saurions finir cette Préface sans parler de M. d'Alainval; c'est le seul des Acteurs anciens & nouveaux de sa Société, qui, avant l'inscription de cette Pièce sur les Registres de la Comédie, ait senti ce qui peut y être de bien. Il saisit non-seulement les effets dont tout Acteur a ordinairement l'intelligence, il apprécia encore le mérite des détails, & il apperçut l'ensemble des Scènes. Il crut qu'il étoit de l'intérêt de sa Société de représenter cette Pièce; il la fit inscrire, & il nous épargna tous les soins dont il put se charger lui-même. C'est tout-à-la-fois un homme d'esprit, un aimable homme & un homme aimable.

A *propos*, ou *mal-à-propos*, & le mot de *Madame*, qu'on nous a tant reproché, il n'en est pas question dans cette Préface; il eût fallu placer ce reproche à la suite de ceux qu'on fait à la Piéce; il ne nous est pas venu.

Des personnes, très-éclairées, ont prétendu que les deux Rivales qui sont au second Acte, étant piquées l'une contre l'autre, & employant quelquefois l'ironie, le mot de *Madame* y avoit une nuance de comique..

Cette Critique est très-fine. Elle annonce bien du goût; mais l'application en est manquée.

Barſénice eſt une Princeſſe captive qui a trop à faire avec ſa douleur, pour avoir le loiſir de faire des figures de Rhétorique de ce genre : elle ne dit rien abſolument qui ait la plus légere teinte de l'ironie. Glaphire eſt une Princeſſe fière, ſuperbe même, qui parle avec dignité, avec le ton de la ſupériorité à ſa captive, devenue involontairement ſa rivale. Le mot de *Madame* ne ſauroit rien avoir de comique dans ſa bouche ; il caractériſe la fierté de la Princeſſe qui le prononce : elle traite avec une honnêteté majeſtueuſe, une Captive avec laquelle elle veut bien s'entretenir. D'ailleurs, cette femme, qui avoit été elevée à Rome, étoit *bien appriſe*. Il eſt vrai que'lle employe deux fois l'ironie ; mais c'eſt l'ironie de la haute région ; encore eſt elle dominée par tant de majeſté, que cette Princeſſe a l'air de n'en rien ſavoir. Que peut-il donc y avoir de comique dans ce mot ? Le ton que, malgré eux, y mettoient des Acteurs déconcertés.

A l'égard des autres *Madame* de la Piece, y en a-t'il trop de quarante-ſix dans le cours de quarante-quatre Scènes ? Eh bien ! on en a retranché la moitié.

On eût peut-être mieux aimé le titre de *Princeſſe*. Un honnête Spectateur fatigué, indigné, peut-être, de ce qu'on avoit déja prononcé trois fois, *Madame*, où il n'étoit qu'une fois, ſe donna la peine, pour prévenir la quatrieme, de crier à l'Acteur, qui avoit ſans doute perdu la tête : dites *Princeſſe*. Ce mot-là eût mieux valu pour le moment ; mais eût été contre les bienſéances de langage : aucune de mes Reines, aucun de mes Rois ne peuvent être appellés ni *Prince*, ni

Princeſſe. Glaphire ſe conſidére comme une grande Reine, tout au moins, car elle eſt Citoyenne Romaine; Volgéſie eſt Reine des Parthes; Barſénice ſe regarde comme Reine d'Arménie; Tigrane & Thermodate ſont deux Rois. Tigrane ni Glaphire ne peuvent pas appeller Barſénice Reine, parce qu'ils ne reconnoiſſent point ſes droits au Trône d'Arménie. Ce ſeroit une contradiction entre les mots & les choſes; mais ils ne doivent point non plus l'appeller, *Princeſſe*, parce qu'ils ne peuvent ignorer qu'elle ſe conſidére comme une Reine; ce ſeroit une ironie inſultante.

Barſénice ſe garde bien d'appeller Glaphire, *Princeſſe*, parce qu'elle lui riroit au nez: Thermodate n'ira pas appeller Tigrane Prince de ſang froid. Tigrane ſeul, comme maître de l'Arménie, pourroit prendre cette liberté avec Thermodate; mais un Roi n'abuſe point de ſa victoire, il n'en fait point ſentir l'effet en pure perte aux Princes qu'il a vaincus.

On ſait à-peu-près qu'en parlant d'une Reine & d'un Roi, on dit très-bien: c'eſt la plus aimable *Princeſſe* du monde; c'eſt le meilleur *Prince* de la terre: les vertus de cette *Princeſſe*; la bienfaiſance de ce *Prince*: on dit tous les jours ces choſes-la à la Cour & à la Ville; mais en leur adreſſant la parole, ou de vive voix, ou par écrit, vous ne direz pas, *Princeſſe, les Grands & le Peuple aiment la ſage vivacité, la ſimplicité noble de votre Majeſté. Prince, le régne de votre Majeſté eſt celui de la Juſtice.* Vous ne ferez point de ce françois-la. Vous mettrez *Madame* à la tête de la premiere phraſe; & *Sire* à la tête de la ſeconde, & tout le monde trouvera l'une & l'autre excellentes.

ACTEURS.

TIGRANE, Prince du Sang des Rois de Médie, nommé Roi d'Arménie par les Romains.

THERMODATE, Prince du ſang d'Arſace, nommé Roi d'Arménie par les Parthes.

VOLGÉSIE, Reine des Parthes, & Mere de Barſénice.

BARSÉNICE, Fille de Volgéſie, accordée avec Thermodate.

GLAPHIRE, Princeſſe du ſang des Rois d'Arménie, accordée avec Tigrane.

ORBAN, Chef de l'Armée de Thermodate.

PHARBASE, Confident de Glaphire.

ISMANE, Confident de Tigrane.

CLÉONE, Confidente de Barſénice.

NARSÈS, Confident de Volgéſie.

ARBATE, autre Confident de Volgéſie.

GARDES.

SOLDATS.

La Scène eſt à Artaxate, dans le Palais des Rois d'Arménie.

LES

LES ARSACIDES,

TRAGÉDIE.

ACTE PREMIER.

La Scène ne doit être éclairée que par les premieres lueurs du crépuscule du matin.

SCENE PREMIERE.

BARSÉNICE, CLÉONE, NARSÈS.

(*Narsès se prosterne contre terre avec sa suite dès qu'il apperçoit Barsénice.*)

BARSÉNICE.

QUEL bruit sourd & confus a frappé mon oreille!
Quelle timide voix m'appelle & me réveille?
O sommeil! sombre ami des mortels malheureux,
Que n'as-tu pour jamais fermé mes tristes yeux!
Qui veille en ce Palais? On n'y voit point encore
Les premieres lueurs que devance l'aurore!

A

Cléone, eh ! que me veut ce Soldat consterné,
Dont le front, à mes pieds demeure prosterné ?
Hélas ! malgré l'opprobre où je suis condamnée,
Il respecte d'un Roi la Fille infortunée.
Je vous tiens désormais quitte de ces tributs ;
Levez-vous, ces respects ne m'appartiennent plus.

(Narsès se leve, & Barsénice le reconnoît.)

Mais c'est Narsès, le Chef des Gardes de ma mere !
Ah ! j'ai perdu peut-être une amie aussi chere.

NARSÈS.

Non, Madame, elle vit ; elle vient sur ces bords,
Des Parthes abbattus ranimer les efforts ;
Et de votre destin justement allarmée,
Elle amène en leur camp une nouvelle armée.

BARSÉNICE.

En quel état, grands Dieux, elle va me revoir !
O mere infortunée ! eh ! quel est votre espoir !
Mais est-il vrai, Narsès ? Ma mere en Arménie !
La Reine d'Orient, l'auguste Volgésie !

NARSÈS.

Oui, Madame, & bientôt elle-même en ces lieux,
Sur la foi du Vainqueur, vient s'offrir à vos yeux.

BARSÉNICE.

Sur la foi du Vainqueur ! sur la foi de Tigrane !
D'un Prince qui m'enleve un Sceptre qu'il profane !
Qui, Monarque régnant aux genoux des Romains,
Peut livrer, avec moi, Volgésie en leurs mains !
Va, dis lui les dangers où son amour l'expose,
Narsès ; c'est bien assez des maux que je lui cause.

(Narsès sort.)

SCENE II.

BARSÉNICE, CLÉONE.

BARSÉNICE.

Tout m'intimide, & rien ne peut me rassurer:
J'ai trop à craindre, hélas! pour pouvoir espérer.
Compte les maux, Cléone, où le Ciel me condamne:
Prisonniere à la fois de Rome & de Tigrane,
Victime abandonnée à l'opprobre, à la mort;
Promise au jeune Roi dont j'ignore le sort,
Et bientôt à des chars honteusement traînée.....
Fut-il jamais, grands Dieux! plus triste destinée?
Et pourquoi falloit-il accabler sous vos coups,
Ce qui reste des Rois qui régnoient comme vous?...
Je le sens trop, Cléone, il n'est plus que les larmes,
Qui, pour moi désormais, puissent avoir des charmes;
Et Volgésie, encor loin de me consoler,
Pour elle-même, hélas! les fait encor couler.
Tu sais si cette Cour est à craindre pour elle.
Je veux qu'à son serment, Tigrane soit fidele,
Je veux que Rome même en respecte la foi;
Ne me reste-t-il plus aucun sujet d'effroi!
Tu connois cette Femme & superbe & jalouse,
Que déja de Tigrane on nomme ici l'épouse;
Glaphire, qui ployant ce Monarque à son gré,
A l'Empire qu'il perd, s'éleve par degré:

Je la crains pour ma mere, & s'il faut te le dire,
Le Vainqueur est à craindre encor moins que Glaphire;
Mais on vient...

SCENE III.

BARSÉNICE, CLÉONE, *tournant la tête vers le fond du Théâtre.*

CLÉONE.

VOTRE mere arrive en cette tour!
Je vois Narsès, Arbate, & des Grands de sa Cour;
Tout le Palais la suit ou l'attend au passage.

BARSÉNICE.

Généreuse tendresse! intrépide courage!

CLÉONE.

Elle-même vers vous précipite ses pas.

SCENE IV.

BARSÉNICE, CLÉONE, VOLGÉSIE, NARSÈS, ARBATE, *Suite.*

BARSÉNICE.

O ma mere! est-ce vous que je tiens dans mes bras?

VOLGÉSIE.

Moi-même, & je revois une fille si chere!
Profitons des momens; viens, embrasse une mere.

Qui l'eût dit, qu'en ces murs où t'encensoit ta Cour,
A peine je pourrois t'exprimer mon amour?
Ces Soldats que j'ai vûs dans la premiere enceinte,
Avec trop de douleur, m'inspirent trop de crainte:
Qu'ils te gardent de près! on voit de toutes parts,
Briller autour de toi la pointe de leurs dards.

BARSÉNICE.

C'est l'ordre de Glaphire.

VOLGÉSIE.

Eh quoi!

BARS NICE.

Cette Princesse,
Dès longtems de mon sort est l'unique maitresse;
Tigrane qui lui doit l'amitié des Romains,
Pour flatter son orgueil, le remit en ses mains:
Et vous n'ignorez point que Glaphire elle-même,
Sur le front de ce Prince a mis le Diadême.
Héritiere du Trône où sa main l'a placé,
Elle veille aux périls dont il est menacé,
Et craint que des combats la fortune inégale,
N'y fasse quelque jour remonter sa rivale.
Mais au milieu des fers, & de tant de malheurs,
Que vos propres dangers m'inspirent de frayeurs!
Vous venez exposer votre tête sacrée
En des lieux où ma perte, où la vôtre est jurée!

VOLGÉSIE.

Elle est en sûreté, dissipe ton effroi;
Tigrane m'en répond, je m'en fie à sa foi.

BARSÉNICE.

Eh! quel est l'intérêt, qui, du fond de l'Asie,
Dans les murs d'Artaxate amene Volgésie?

VOLGÉSIE.

L'intérêt de ta gloire & celui de tes jours.

BARSÉNICE.

Et vous vous exposez aux périls que je cours !
Et c'est moi, qui traînant une honteuse chaîne,
Attire sur ces bords une si grande Reine !
Mais vous pouviez, Madame, en ces climats lointains,
Par des Ambassadeurs expliquer vos desseins.

VOLGÉSIE.

Mes desseins en ces lieux ont besoin de moi-même,
Et je ne songe ici qu'à mes enfans que j'aime.
Qu'est devenu ce Prince, à ton amour promis,
Que j'appellai toujours du tendre nom de Fils ?
Ce Prince de mon sang, l'aîné des Thermodate,
Qui devoit couronner ton front dans Artaxate ?

BARSÉNICE.

On ne m'a point instruite encor de son destin.

VOLGÉSIE.

Barsénice l'ignore : il n'est que trop certain.

BARSÉNICE.

Je souhaite à la fois, & je crains de l'apprendre.

VOLGÉSIE.

Ne désespérons point, le Ciel peut nous le rendre.
Et son Frere, du moins, sçais-tu quel est son sort ?

BARSÉNICE.

Des mains du Vainqueur même, il a reçu la mort.
Il s'est sacrifié pour son Roi, pour son frere.

VOLGÉSIE.

Des descendants d'Arsace, ô sacré caractere !
Raconte-moi sa gloire, & dis moi quel revers

T'a pu précipiter du Trône, dans les fers ?
Comment Tigrane, après sa honteuse retraite,
A-t-il, des Thermodate, entrepris la défaite ?
Par quel prodige, un Prince, esclave des Romains,
Dont on a vu ramper l'enfance sous leurs mains ;
Qui devant un Consul, un Tyran de l'Asie,
Courbe encor lâchement sa Couronne avilie,
Et qui méconnoissant sa grandeur & ses droits,
Prostitue au Sénat la Majesté des Rois :
Par quel prodige a-t-il, plus brave que ses Maîtres,
Subjugué deux soldats du sang de nos Ancêtres ?

BARSÉNICE.

Reine, vous l'ordonnez, mais de telles horreurs,
Peut être avec les miens, feront couler vos pleurs.
La victoire, jamais n'inspira tant d'allarmes.

Le jour même qui fut si fatal à nos armes,
L'aîné des Thermodate, en ce Temple prochain,
Aux marches des Autels me présentoit sa main :
Tigrane, accompagné d'un Parti qui lui reste,
Vient, dans la nuit, troubler cette fête funeste :
A travers des sentiers ouverts ou mal gardés,
Il fond sur nos soldats surpris, intimidés,
Et du carnage aux siens offrant par tout l'exemple...
Le Barbare est déja dans l'enceinte du Temple.
Trop altéré du sang de ses heureux Rivaux,
Il nous cherche, éclairé de nos propres flambeaux.
Du culte des Autels, toute entiere occupée,
Je ne vois point briller sa lance, son épée ;
Je vois le Héros seul dont je reçois la main :
Bientôt les cris des siens, ceux du soldat Romain....

Il alloit ceindre, hélas ! mon front du Diadême,
Il rassûre sa garde & sa Maîtresse même,
Et court brillant encor des marques de son rang,
Vendre cher aux Romains son Sceptre & notre sang.
J'ouvre les yeux alors ; jugez de mes allarmes ;
Mais étouffant mes cris, & dévorant mes larmes,
Dans les tremblantes mains du Pontife égaré,
Mon sombre désespoir saisit le fer sacré.
A l'abri de ce fer que je conserve encore,
Je cherche, en frémissant, le Prince que j'adore.
A travers la lueur des flambeaux & des dards,
Son front majestueux attire mes regards.
Il défendoit alors son infortuné Frere....
Ils sont couverts de sang & bouillants de colere.
L'aîné de ces Héros, le plus cher à mes yeux,
Me défend les périls que je cherche auprès d'eux :
J'y vole.... A peine encore un peu de sang lui reste.
J'arrache de son front un bandeau trop funeste.
Son Frere.... Ah ! que ce trait embellit ses exploits !
Son Frere sur le sien met le bandeau des Rois ;
Tigrane, qu'éblouit l'éclat du Diadême,
Fond sur ce Prince, & croit percer son Rival même.
La Victime sans force, ainsi que sans effroi,
Se traîne & va combattre ou mourir loin de moi.
Tigrane, possédé du démon du carnage,
Du sang des enfans même, abreuve encor sa rage.
D'un trait dans la mêlée, il me perce le sein ;
Je tombe, & reste aux pieds de mon fier Assassin.
Je dois à sa vertu, ce tribut légitime :
Qu'ai-je fait ? a-t-il dit ; qu'on répare mon crime.
Son époux, chez les morts, est déja descendu :
Rendez du moins sa Veuve au jour qu'il a perdu.

Il dit, & profitant d'un premier avantage,
Il porte, loin de moi, les horreurs du carnage.
Des bras où m'a laissé ce Vainqueur inhumain,
Mes yeux suivent les traits qui partent de sa main.
Son Rival, qu'il croit mort, bravant seul sa colere,
Venge longtems encor sa Maîtresse & son Frere:
Mais on se mêle enfin, l'un par l'autre emporté,
Et je perds Thermodate avec la liberté.
Encor si ces malheurs, que je ne puis vous peindre,
Etoient enfin les seuls que mon cœur eût à craindre!
Mais au char de triomphe, on m'enchaîne aujourd'hui,
Et Varus part pour Rome & me traîne après lui.

VOLGÉSIE.

Dieux! quel enchaînement d'horreurs & d'infortunes!
Toutes fois à travers nos disgraces communes,
Au sentiment profond de ma propre douleur,
Un sentiment secret mêle quelque douceur.
Il semble m'annoncer l'aîné des Thermodate.
Peut-être est-il captif dans les murs d'Artaxate.
C'est mon dernier espoir.

BARSÉNICE.

Et mes derniers malheurs.
Sa mort, à mon amour coûteroit moins de pleurs.
Qu'il ait subi, grands Dieux! le destin de son Frere.
Eh quoi! mes yeux verroient une tête si chere,
Au char d'un vil Consul liée à mes côtés,
En spectacle aux Romains qu'il a longtems domptés.
Ah! n'est-ce donc qu'au sein de tant d'ignominie,
Que votre fille, hélas! lui devoit être unie!

VOLGÉSIE.

Mais, du moins, l'héritier de son nom, de ses droits,
Orban, qui de mon fils secondoit les exploits,

Et dont l'amour a fait un Prince de ma Race,
Nous pourroit, de son Maître, apprendre la disgrace.
Vit-il encore ?

BARSÉNICE.

Il est enfermé dans ces tours.

VOLGÉSIE.

Eh bien ! c'est donc à lui qu'il faut avoir recours.
Le Vainqueur, avec moi, souhaite une entrevue;
Pour peu que de nos maux son ame soit émûe,
Je puis, de sa clémence, obtenir la faveur
De voir le seul Guerrier encor cher à mon cœur.
J'espere, par ses mains, te rendre un Diadême.

BARSÉNICE.

Puissiez-vous conserver ici le vôtre même.
Sur quelle foi, Madame, y venez vous braver,
Les périls dont, en vain, vous voulez me sauver ?
Que peut en ce Palais toute votre puissance ? ...

(Barsénice appercevant Tigrane.)

Souffrez que du Vainqueur j'évite la présence,
Et que j'aille en ce Temple, où ma crainte a recours,
Intéresser le Ciel au salut de vos jours.

VOLGÉSIE.

Que pour les tiens, mon cœur éprouve ici d'allarmes !

SCENE V.

VOLGSIE, TIGRANE.

TIGRANE.

Votre camp vous demande & le mien prend les armes.
L'un & l'autre, à l'envi, brûlent de s'immoler,
Le fer brille, il menace, & le sang va couler.

Reine, je ne veux point vous dérober la gloire
D'avoir part aux périls, peut-être à la victoire,
Et je ne rougis point de paroître jaloux,
D'avoir à triompher d'ennemis tels que vous.
L'éclat de votre Sang, de votre Diadême;
Ces noms que l'Orient vous a donnés lui-même,
D'exemple des Guerriers, de modéle des Rois....
Tant d'honneurs couvrent trop l'éclat de mes exploits.

VOLGÉSIE.

Je sçais ce que mon regne obtint de renommée,
Et quelquefois j'ai fait la gloire d'une armée:
Mais quelque orgueil enfin que puissent m'inspirer
Les noms dont l'Orient se plaît à m'honorer,
Quelque espoir qu'une armée inspire à mon courage,
Que m'importe un triomphe où je crains un outrage?
Ma fille est prisonniere, & pour ce sang des Rois,
Je crains Rome & Glaphire & Tigrane à la fois;
Je tremble que Varus dont le départ s'apprête,
N'entraîne après son char cette illustre conquête,
Et qu'un Peuple, un Sénat, ennemi de mon sang,
Ne mette encor sa gloire à lui percer le flanc;
Mais l'amour maternel m'allarme trop peut-être,
Du sort de vos Captifs, vous êtes seul le maître.
Irez vous, d'un vain Peuple adorant les décrets,
Vous avilir aux yeux de vos propres Sujets,
Et vous même donner l'exemple à nos Provinces,
De ce mépris que Rome affecte pour leurs Princes?

TIGRANE.

A Vous, à mes pareils, je sçais ce que je dois,
Et Rome en mes Etats n'impose point de loix.
Je sçaurai bien, du moins, si l'on ose y prétendre,
User du droit sacré que j'ai de m'en défendre;

Mais sans blesser mon rang, je crois qu'il m'est permis
De livrer aux Romains mes propres ennemis,
Et de payer ainsi l'honorable alliance
D'un peuple qui prit soin d'élever mon enfance.
Je ne déguise point qu'il en coûte à mon cœur,
D'exposer Barsénice à sa juste fureur.
Elle a reçu le jour d'un sang que je révere:
Arsace est son ayeul, & vous êtes sa Mere;
Héritiere d'un Trône où l'on voit prosternés
Tant de Rois par vos mains vaincus ou couronnés,
Elle sembloit placée au dessus des disgraces.
L'éclat de sa beauté, la douceur de ses graces,
Tout, jusqu'à sa fierté, m'intéresse à ses pleurs;
Mais je ne puis enfin que plaindre ses malheurs.
L'intérêt des Etats que le sort me confie,
Parle contre elle, & veut que je la sacrifie.

VOLGÉSIE.

Eh bien! sacrifiez à d'indignes amis,
Un bien qu'en votre main la fortune a remis:
Conservez à ce prix leur faveur passagere.
Mais quel que soit l'appui que votre âme en espere,
Après ce que j'ai fait & tout ce que je peux,
Craignez bien plus de moi que vous n'attendez d'eux.
C'est à regret, Seigneur, que je tiens ce langage;
J'honore vos vertus, j'aime votre courage,
Et ce n'étoit point vous qu'en ces lointains climats,
Je venois appeller aux périls des combats;
Mon juste désespoir faisoit grace à vos armes,
De ces mêmes malheurs qui m'arrachoient des larmes;
Et dans l'espoir qu'enfin ils pourroient vous toucher,
Rome étoit l'ennemi que je venois chercher.

TIGRANE.

On arme contre moi quand on arme contre elle.

VOLGÉSIE.

On trahit tous les Rois, quand on sert sa querelle.

TIGRANE.

Ce n'est point les trahir que de garder sa foi.

VOLGÉSIE.

Rompre de tels sermens, est la premiere loi.

TIGRANE.

On est parjure alors.

VOLGÉSIE.

Nul serment ne nous lie,
Quand notre propre gloire en peut être avilie.
On n'est donc point parjure, & l'on est foible au moins,
Quand pour s'en affranchir on prend si peu de soins.
Pardonnez au discours que vous tient ma franchise.

TIGRANE.

Votre audace en effet excite ma surprise.
Et si je n'affectois plus d'égards pour ma foi,
Que vous semblez ici n'en mériter de moi.....
Rendez grace au serment qui retient ma colere;
Malgré mille soupçons que je veux bien vous taire,
Vous êtes libre encore, & puisque j'ai promis
Qu'en vos mains, en ce jour, Orban seroit remis,
On ne me verra point, sur un soupçon frivole,
Faire des malheureux ou trahir ma parole;
Je ne le compte plus, ferme dans mes bienfaits,
Au rang des prisonniers que ma victoire a faits.

VOLGÉSIE.

Mais on dit que Varus vous le demande encore.

TIGRANE.

Il le demande en vain, & quoique je l'abhorre,
Pensez vous qu'à ma haine, en esclave soumis,
J'hésite à protéger de foibles ennemis ?
Mais avant d'en venir à tant de résistance,
Je dois quelque tribut à la reconnoissance;
Je veux revoir Varus, je veux sçavoir de lui,
Si Rome a prétendu me vendre son appui;
Et, quel que soit l'effet d'une telle entrevue,
De mon pouvoir suprême embrasser l'étendue.

VOLGÉSIE.

Puis-je espérer de voir Orban en ce Palais,
Avant que Barsénice en parte pour jamais ?

TIGRANE.

Libre avant cet instant, il doit ici se rendre.

VOLGÉSIE.

Et c'est la seule grace où je puisse prétendre ?

TIGRANE.

Quoi, lorsque je remplis ma parole envers vous,
Puis-je envers des amis en être moins jaloux ?
Varus fait sur ce point une juste demande.
Avant que mon Armée & le Camp qu'il commande,
M'eussent ici du Trône applani les chemins,
Ma jeunesse promit de livrer en ses mains
Le reste dangereux du sang de Volgésie.
J'ai trop fait pour sa haine & pour ma jalousie.
Mais j'ai promis enfin ; & jusques à ce jour,
Rome n'a point pour moi démenti son amour.

Du ſort de Barſénice, elle ſeule eſt maîtreſſe,
Et votre Fils, ſur-tout, compris dans ma promeſſe,
S'il reſpiroit encore & qu'il portât mes fers,
Iroit l'énorgueillir de ſes propres revers.

VOLGÉSIE.

Il ne me reſte donc, au ſein de mes miſeres,
Que l'Héritier des droits & du nom des deux Freres?
Je vais, en attendant qu'il vienne en ce Palais,
Raſſurer de mes Chefs les eſprits inquiets;
Par la bouche d'Arbate, inſtruire mon Armée,
Que ce n'eſt point pour moi, que je ſuis allarmée,
Mais que ma Fille part, & qu'enfin mon courroux
Embraſſe déſormais Rome, Glaphire & vous.

SCENE VI.

TIGRANE, ISMANE.

TIGRANE.

QU'IL me tarde de voir l'effet de tant d'audace;
J'ai détruit le dernier des deſcendans d'Arſace.
De ce Soldat fameux, de ce Parthe indompté,
Que les Rois qu'il vainquit ont eux-mêmes vanté;
Qui vers les bords de l'Inde, au milieu de l'Aſie,
Fonda le vaſte Empire où regne Volgéſie:
J'ai détruit le dernier de ſes dignes Neveux.
Ami, l'Empire reſte & j'y porte les yeux;
Mon cœur eſt indigné d'une gloire commune.
Des Couronnes des Rois n'en puis-je porter qu'une?

Celle de l'Orient est faite encor pour moi;
Qui triomphe d'un peuple en peut être le Roi.
Je veux porter mon nom, trop peu célébre encore,
Des monts de l'Arménie aux plaines de l'aurore.
Ne crois pas cependant que par des attentats,
Je veuille lâchement obtenir tant d'Etats;
Volgésie en ces lieux peut rester sans allarmes.
Elle n'a rien pour elle à craindre que mes armes.
Je veux que la Victoire, elle seule à mon gré,
Sur son trône aujourd'hui m'éleve par degré:
Que les Parthes vaincus, leur Reine prisonniere,
Tous viennent à mes vœux en offrir l'Héritiere.
Ce sont-là les desseins que mon cœur a conçus,
Et c'est sur quoi je vais traiter avec Varus;
En vain à tous mes pas sa prudence attentive,
M'a déja fait deux fois demander ma Captive.
Vainement de Glaphire il protége les droits;
L'intérêt des Romains lui prescrit d'autres loix:
Il me doit son appui; Rome est mon alliée;
Et je cherche une gloire où la sienne est liée.
Viens, & si nos traités enfin sont superflus,
Son Camp, pour mes Soldats, n'est qu'un péril de plus.

Fin du premier Acte.

ACTE

ACTE II.

SCENE PREMIERE.

L'aurore commence à paroître.

VOLGÉSIE, *seule.*

ORBAN à mes regards ne s'offre point encore ;
Toutefois le tems presse, & l'éclat de l'aurore
Déja blanchit l'azur & l'or de ces lambris.
Qu'il me tarde de voir cet ami de mon fils !...
Quelle voix sourde & fiere a frappé mon oreille !
Quel sentiment confus dans mon cœur se réveille !...
Enfin j'entends sortir des antres de la Tour,
Orban qui vient chercher Volgésie & le jour.
Il entre ; à peine, hélas ! je le puis reconnoître.

SCENE II.

VOLGÉSIE, THERMODATE, ORBAN.

VOLGÉSIE.

Venez, digne Héritier des droits de votre Maître.

THERMODATE, *à Orban, vers le fond du Théâtre.*

Où suis-je, Orban? mes yeux, que le jour éblouit,
Par-tout de ma prison semblent porter la nuit.

VOLGÉSIE.

Qu'entends-je, juste Ciel! sa ressemblance extrême,
Ce front noble, sa voix.... c'est Thermodate même.
O cher Prince! ô mon fils!

THERMODATE.

Grande Reine, est-ce vous?
Souffrez que votre fils embrasse vos genoux.

VOLGÉSIE.

Prince, mais on disoit qu'une tête si chere.....

THERMODATE.

C'est l'effet de la mort de mon généreux frere.

VOLGÉSIE.

Et pour laisser la Cour dans cette heureuse erreur,
Vous avez pris un nom moins terrible au vainqueur.

THERMODATE.

Orban, qui pour mes jours craignoit sa haine extrême,
A répandu lui seul que j'étois Orban même :
Et comme après ma mort on sait, qu'avec mes droits,
Mon nom devient encor le prix de ses exploits,
Sans déguiser mon rang, mon nom de Thermodate,
Je passe pour Orban à la Cour d'Artaxate ;
Et bientôt dépouillant un courroux inhumain,
Mon rival me remet mes armes de sa main.

VOLGÉSIE.

Dieux ! couvrez ces secrets d'une ombre salutaire !

THERMODATE.

Vous seule avec Orban vous savez ce mystere.
Mais souffrez que la Reine, instruite de mon sort....

VOLGÉSIE.

Laissons-la se livrer au bruit de votre mort.
Ses pleurs en sont encore une preuve nouvelle.
Les yeux des Courtisans sont tous ouverts sur elle :
Ne portons point le calme en son cœur agité ;
Songeons plutôt au char pour sa honte apprêté.
C'est sur cet intérêt qu'une mere allarmée
Venoit entretenir le Chef de votre armée.
Je rends graces au Ciel qui veut qu'entre vos mains
Je puisse déposer des intérêts si saints.

THERMODATE.

Il n'est rien que pour elle & pour vous je ne brave.
Je n'ai point dans les fers pris le cœur d'un esclave.
Une nouvelle armée arrive sur vos pas ;
Commandez, & voici le Chef de vos soldats.

VOLGÉSIE.

On ſait tout ce que peut un ſi mâle courage :
Mais ce n'eſt pas le tems, Prince, d'en faire uſage;
D'ailleurs, qui me répond de votre liberté?
Je veux que de remords le Tyran agité,
Et qui ſe croit encor teint du ſang d'un Monarque,
Laiſſe de ſes vertus échapper cette marque,
Et qu'il veuille expier le meurtre d'un rival,
Par le ſalut d'un autre également fatal.
Mais Glaphire l'obſerve, & c'eſt elle qui régne.
Apprends ſi, pour mon fils, il faut que je la craigne.
Par ſon ordre bientôt de ſacriléges mains,
A travers & la foule & les cris des Romains,
Traînent au pied d'un char ma fille échevelée.
C'eſt à vous qu'a recours ſa mere déſolée.

THERMODATE.

Ah! que puis-je pour elle, & que puis-je pour vous?

VOLGÉSIE.

Du Vainqueur contre Rome allumer le courroux;
Briſer l'indigne nœud qui l'unit avec elle,
Et l'armer en faveur du Parthe qui l'appelle.

THERMODATE.

Se peut-il que Tigrane, éleve des Romains,
Qui tient avec Glaphire un Sceptre de leurs mains,
D'un peuple qu'il redoute, abjurant l'alliance,
Des Rois qu'il a vaincus embraſſe la défenſe?
Je brûle de ſervir de ſi nobles projets;
Mais comment triompher de ſi grands intérêts?

VOLGÉSIE.

Il en eſt pour Tigrane un bien plus grand encore.

THERMODATE.

Quel attrait peut tenter un Roi qui nous abhorre ?

VOLGÉSIE.

L'attrait d'un grand Empire ; il eſt ambitieux :
Mon fils, l'éclat du mien peut éblouir ſes yeux.

THERMODATE.

Qu'entends-je ?

VOLGÉSIE.

Ce projet, à vos droits ſi funeſte,
D'une auguſte Maiſon ſauve l'auguſte reſte.

THERMODATE.

Mais le Parthe, ſi fier du grand nom de ſes Rois,
Madame, voudra-t-il reconnoître ſes loix ?

VOLGÉSIE.

Je ne l'ignore pas ; le Sceptre de nos peres
Ne peut paſſer ſans doute en des mains étrangeres,
Et le Parthe indocile, & peut-être offenſé,
Renverſeroit un Trône où j'aurois renoncé.
Mais juſqu'où peut porter une Reine éperdue
L'orgueil de tant de Rois dont elle eſt deſcendue,
Et le deſir de voir dans ſa poſtérité
Revivre leur grandeur & leur juſte fierté !
Juſqu'où portent l'eſpoir & l'amour d'une mere !
Et combien notre gloire, & ma fille m'eſt chere !
Prince, allez à Tigrane, à ce Prince inhumain,
Préſenter de ma part ma Couronne & ma main ;
Et, fier de lui donner la moitié de l'Aſie,
Lui demander pour vous ; ma fille & l'Arménie.

Oui, puissé-je à ce prix la remettre en tes bras!
Tantôt me livrant trop au bruit de ton trépas,
Pour lui rendre du moins l'espoir d'un Diadême,
Entre les mains d'Orban, je la traînois moi-même.
Mais vous vivez, le Ciel, fatigué de mes vœux,
La rend à son époux sous un présage heureux:
Vous saurez la sauver du sort qui la menace.

THERMODATE.

Je ne demande aux Dieux que cette seule grace.

VOLGÉSIE.

Eh bien! entamez donc un généreux traité,
Qui met avec ses jours sa gloire en sûreté.

THERMODATE.

Si je n'arme aujourd'hui mon bras pour la défendre,
Reine, c'est un bonheur où je ne puis prétendre.
Mille obstacles puissans s'opposent à la fois
Au succès des moyens dont vous avez fait choix;
Généreux & cruel, le Vainqueur est extrême.
Je sais quel est l'éclat de votre Diadême:
Mais éblouira-t-il un ami des Romains,
Formé par leurs leçons & nourri par leurs mains?

VOLGÉSIE.

Ses Ayeux, on le sait, n'ont point eu de tels Maîtres,
Et souvent on revient aux mœurs de ses ancêtres.

THERMODATE.

Quel tems choisissez-vous pour des projets si beaux!
Il s'attache aux Romains par des liens nouveaux,
Par des liens sacrés: vous ignorez encore
Qu'il épouse en ce jour Glaphire qu'il adore?

Cette fiere Princesse éleve, comme lui,
De Rome qu'elle sert & qu'elle a pour appui,
Et qui, pour couronner une tête si chere,
Lui transmit sur ces bords tous les droits de son pere;
Comment briser des nœuds que l'amour a formés?

VOLGÉSIE.

C'est sur ces fondemens que vous vous allarmez!
Je sais bien que Glaphire inquiète & jalouse,
Se hâte de porter le nom de son épouse,
Et fiere de l'appui de l'Empire Romain,
Ordonne que ce Roi lui vienne offrir sa main.
Mais je n'ignore pas que son impatience
Prépare vainement cette grande alliance,
Et que Tigrane enfin ne sait plus s'occuper
Que de nourrir ses feux & de leur échapper.

THERMODATE.

N'en croyez pas, Madame, une rumeur si vaine,
Rien ne peut retarder leur union prochaine;
Ils s'aiment, & le Ciel propice à cette ardeur,
Y voulut, dès l'enfance, accoutumer leur cœur.
Le sort qui les guida jadis en Italie,
A lui-même formé le beau nœud qui les lie:
Le pere de Glaphire, humble ami des Romains,
Qui tenoit l'Arménie & ses jours de leurs mains,
A peine eut par foiblesse ou par reconnoissance,
De sa fille à leurs soins abandonné l'enfance,
Que celui de Tigrane, après mille combats,
Vaincu dans la Médie, au sein de ses Etats,
Captif & déposé, pour avoir régné libre,
Leur vint au pied d'un char, sur les rives du Tibre,

Livrer son héritier, sa tête & son pays :
Elle plaignit le pere & brûla pour le fils,
Et Tigrane, bientôt sensible à sa tendresse,
Jusqu'à l'idolâtrie aima cette Princesse :
Comment espérez-vous éteindre son amour,
Payé par un Empire & par tant de retour ?
Mais je veux que Tigrane, aux pieds de Volgésie,
Accepte de sa main le Sceptre de l'Asie ;
Je veux que, reprenant l'orgueil de ses Ayeux,
Sur celui des Romains il ouvre enfin les yeux ;
Que votre auguste nom, l'éclat de votre Empire,
Tout lui fasse oublier ce qu'il doit à Glaphire,
Cette femme hautaine & vouée aux Romains,
Dont ici tous les pas sont guidés par leurs mains ;
Cette Femme qui voit voler l'Aigle Romaine,
Où l'appelle à son gré son amour ou sa haine,
N'est-elle point à craindre enfin, & pensez-vous,
Pouvoir impunément exciter son courroux ?

VOLGÉSIE.

Je l'ai prévu, mon Fils, & ne pourrai m'en plaindre.
Mais je veux tout tenter, puisque j'ai tout à craindre.

THERMODATE.

Je ne songerai plus à combattre un projet,
Dont je suis loin encor de redouter l'effet ;
Et puisqu'enfin, malgré ma juste défiance,
Vous voulez de Tigrane implorer l'alliance,
Je vais, dût ce Rival de mon sang s'abbreuver,
Affronter des périls que vous venez braver.

SCENE III.

VOLGÉSIE, *seule*,

A combien de dangers en effet je l'expose,
Et quelle loi sévere il faut que je m'impose!
O ma fille! c'est donc de ton propre assassin,
Que ton sort me réduit à demander la main!
Et si je ne l'obtiens, plus malheureuse encore,
C'est donc vous, ô Romains! qu'il faudra que j'implore,
Barbares ennemis, de ma grandeur jaloux,
J'irai donc, suppliante, embrasser vos genoux!
O ma Fille! ô mon Fils! dignes neveux d'Arsace,
O reste cher & pur de ce Chef de ma race!
J'irai, pour racheter un Sang si précieux,
Pour rendre à mes Sujets des Princes dignes d'eux;
J'irai, tombant aux pieds d'une Femme barbare,
Solliciter pour moi l'affront qu'on vous prépare.
Rome, plus fiere encor de voir dans ses remparts
La Reine d'Orient marcher après ses chars,
Applaudira sans doute à la grandeur fatale
Qui livre entre ses mains sa premiere Rivale.....
Je ne balance point, je le veux, je le doi;
Mais l'un ou l'autre sort glace mon cœur d'effroi:
Je suis, de quelque nom que l'Orient me nomme,
L'Epouse d'un Tyran ou l'Esclave de Rome.

SCENE IV.

VOLGÉSIE, BARSÉNICE.

BARSÉNICE.

RECEVEZ mes regrets & mes derniers adieux.
Je vais, & pour jamais, m'éloigner de vos yeux.
On vient de m'annoncer un destin si funeste;
Varus songe à partir, & vous sçavez le reste.
Glaphire en ce moment me livre entre ses mains,
Et je tremble, en partant, pour vos propres destins.
Quittez, au nom des Dieux, s'il en est temps encore,
Une Cour où commande un Roi qui nous abhorre,
Où tout n'offre à vos yeux que l'opprobre & la mort.
O ma mere! prenez moins de part à mon sort,
Et ne me laissez point emporter les allarmes
Qui me font, dans vos bras, répandre tant de larmes.

VOLGÉSIE.

Crains bien peu pour ta mere & ne crains rien pour toi.
J'ai vu Tigrane. On peut s'en fier à sa foi;
Et Glaphire à ses yeux n'est point encor si chere,
Qu'il veuille lâchement y manquer pour lui plaire.
Tigrane regne seul, & le Consul Romain
Espere vainement t'obtenir de sa main.
Je ne puis près de toi m'arrêter davantage,
Ma présence à Varus donne ici de l'ombrage;
Avant que de partir il demande à me voir,
Et, pour le retarder, je vais le recevoir.

SCENE V.

BARSÉNICE, CLÉONE.

BARSÉNICE.

Ma perte n'en ſera qu'un inſtant différée.
A combien de chagrins je demeure livrée !
Mais Glaphire paroît. Quels regards menaçans !
Quelle ſombre fureur ſemble agiter ſes ſens !

SCENE VI.

BARSÉNICE, GLAPHIRE, CLÉONE, PHARBASE, *Suite*.

GLAPHIRE.

J'apprends que Thermodate, Ambaſſadeur barbare,
Brûlant de traverſer mon Hymen, qu'on prépare,
Au nom de votre mere entame un tel projet,
Et demande à Tigrane un entretien ſecret.
On dit que ſur l'eſpoir de le rendre infidele,
Il vient lui propoſer une épouſe nouvelle.
De quel front un captif vient-il dans mon Palais,
A mon inſçu, parler à des Rois que j'ai faits ?
Le Conſul, ſur ce point, entretient votre mere :
Craignez de me cacher ce qu'elle peut lui taire.

Répondez. Quelle est donc cette main, qu'en ces lieux
Vient présenter au Roi ce Parthe audacieux ?
Je veux sçavoir de vous, si le Prince que j'aime
A de si beaux projets l'encourage lui-même ?

BARSÉNICE.

Je ne m'occupe point des soupirs du Vainqueur ;
J'ignore ses desseins & l'état de son cœur :
Il doit vous en avoir vous-même entretenue ;
Et je sçais seulement que ma mere éperdue,
Dans le frivole espoir d'en obtenir l'appui,
Se hâte d'envoyer Orban auprès de lui.

GLAPHIRE.

Sans doute à son secours vous pouvez vous attendre ;
Aux vœux de votre mere, on le verra se rendre.
Aujourd'hui pour le Parthe, il a bien moins d'horreur,
Et certains ennemis ont des droits sur son cœur.

BARSÉNICE.

Ah ! pourquoi recourir à ce vain artifice,
Pour surprendre un aveu du cœur de Barsénice ?
Par vos discours enfin, Madame, j'entrevoi
Que Tigrane inconstant vous a manqué de foi.

GLAPHIRE.

Qui vous a confié qu'il étoit infidèle ?
Brûle-t-il en effet d'une flamme nouvelle ?
Vous-même avez-vous lu ce crime dans ses yeux ?

BARSÉNICE.

Je ne connois encor ce vainqueur trop heureux,
Que par les maux cruels que m'a fait sa victoire.

GLAPHIRE.

Il vous vient chaque jour éblouir de sa gloire ;
Et s'il revient des camps qui bordent nos remparts,
Ce n'est plus moi, c'est vous, que cherchent ses regards.
Je suis la seule ici qu'il n'ait point encor vue,
Et vous devez, du moins, vous en être apperçue.

BARSÉNICE.

Eh ! puis-je envisager un vainqueur inhumain,
Meurtrier d'un époux & mon propre assassin ?

GLAPHIRE.

Mais, s'il brûloit pour vous ?

BARSÉNICE.

Il se tairoit, Madame.

GLAPHIRE.

Quoi ! vous dédaigneriez une si belle flamme ?

BARSÉNICE.

Arrêtez, c'en est trop. Avez-vous pu penser,
Qu'à flatter son amour, je puisse m'abaisser ?
Et lui-même, malgré sa gloire & ma disgrace,
Peut-il prétendre au cœur d'une nièce d'Arsace ?

GLAPHIRE.

Qui peut prétendre au mien avec le nom d'époux,
Ne sçauroit-il, du moins, tomber à vos genoux ;
Et l'ami des Romains, s'il est digne de l'être,
Aux Rois qu'il a vaincus, vous semble égal peut-être :
Cependant j'aime à voir que, même sous mes yeux,
Vous affectiez encor l'orgueil de vos ayeux ;

Une audace si rare est d'un cœur magnanime,
Et ce n'est point à moi de vous en faire un crime:
Et votre Ambassadeur, dont je vois les projets,
Me prépare à punir assez d'autres forfaits.

BARSÉNICE.

De Rome à votre gré protégez l'injustice:
Mais ne soupçonnez pas que jamais Barsénice
Démente avec sa gloire & sa premiere ardeur,
La fierté de son rang ni celle de son cœur,

(*Elle sort.*)

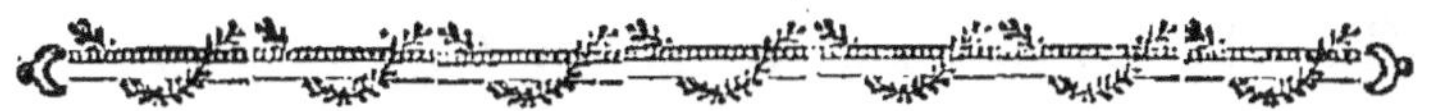

SCENE VII.

GLAPHIRE, PHARBASE. *Suite.*

GLAPHIRE.

En vain de l'attendrir le perfide se flatte ;
Elle n'aime en effet que le seul Thermodate :
Tigrane est seul coupable, il m'ose seul tromper.

(*A Pharbase.*)

Vous, utile au projet dont je vais m'occuper,
Observez Thermodate avec un soin extrême.
Il passe pour Orban, c'est Thermodate même,
L'époux de Barsénice ; & j'ai vu de mes yeux
Ce farouche rival prisonnier en ces lieux.

PHARBASE.

Quoi ! ce Prince respire !

GLAPHIRE.

Oui, ce fier Thermodate,
Qui n'a-guere régnoit dans les murs d'Artaxate,
Dont les soldats encore aguerris par ses mains,
Font trembler le vainqueur & pâlir les Romains.
J'ai surpris ce secret d'un de ses soldats même;
Il l'eût trahi d'ailleurs par son orgueil extrême.
Parmi tant de captifs où le sort le confond,
Il a des Rois encor la démarche & le front,
Je le crains plus lui seul, que toute son armée.
Qu'on éclaire ses pas, que j'en sois informée ;

Tigrane croit encor qu'au Temple de nos Dieux,
Il tomba sous sa main, & mourut sous ses yeux;
Et cette heureuse erreur dissipant ses allarmes,
Son rival doit bientôt en recevoir ses armes:
Il ne soupçonne pas que je veux aujourd'hui
Couronner ce rival & l'armer contre lui.....
Avant tout, cependant, je veux voir l'infidele:
J'attends qu'auprès de moi, son devoir le rappelle;
Cachons bien à ses yeux ma honte & mon ennui,
Ou plutôt étouffons l'amour que j'ai pour lui;
Et laissant là les cris d'une amante insensée.....
Oui, songeons seulement que Rome est offensée.
Que mon ressentiment céde à ce que je doi
A Rome, à l'Arménie, à l'Univers, à moi,
A Tigrane lui-même; il regne, & c'est encore
Un Prince que j'ai fait, un Prince que j'adore:
Que ma vengeance, digne & de nous & de lui,
N'emprunte rien du feu qui m'anime aujourd'hui;
Et que l'ingrat, perdant ma faveur & l'Empire,
Ne regrette à jamais que le cœur de Glaphire.

Fin du second Acte.

ACTE

ACTE III.

SCENE PREMIERE.

GLAPHIRE, PHARBASE; *suite.*

GLAPHIRE.

(Les Gardes se retirent.)

Rentrez. Il vient enfin s'offrir à mes regards....
Je n'obtiens donc de lui que les derniers égards;
Moi, dont la main facile a couronné sa tête!
Mais de mon hymenée on prépare la fête.
Je veux voir, à travers de vains déguisemens,
De quel front il pourra trahir tant de sermens.
Je le vois: quel air sombre & quel morne silence!
Il semble, en m'abordant, se faire violence.

SCÈNE II.

GLAPHIRE, TIGRANE; *ſuite de Tigrane & de Glaphire.*

GLAPHIRE.

Vous quittez donc, Seigneur, le tumulte des camps;
Aſſez de ſang enfin a coulé dans nos champs.
Le Parthe eſt ſubjugué; cette heureuſe victoire,
Juſques aux bords du Tibre a porté votre gloire;
Et, Rome juſtement fiere de vos exploits,
Admire ſon Éleve & reconnoît mon choix.

TIGRANE.

Que m'importe ma gloire avec mon Diadême?
Me donnent-ils ici la puiſſance ſuprême?
Varus me la diſpute; il gêne mes bienfaits.
Je ne puis diſpoſer des Captifs que j'ai faits.
Il faut que, ſous ſes yeux, ma puiſſance craintive
N'ôſe affranchir Orban, ni garder ma Captive.
Par ſon ordre, le Temple, un Autel eſt paré;
Dans l'enceinte prochaine un Trône eſt préparé.
La victime de fleurs eſt déja couronnée:
Eſt-ce à lui d'ordonner ici mon hyménée?

GLAPHIRE.

C'étoit à vous, ſans doute, & je l'euſſe aimé mieux;
Mais il ne fait enfin que prévenir vos vœux.
Vous regnez, & ſuivant mon ferment & le vôtre,
L'hymen doit en ce jour nous unir l'un à l'autre.

Et, vous livrant le Sceptre & Glaphire à la fois,
Faire en vous respecter les Romains & mes droits.
Le Consul ne peut-il user de sa puissance,
Pour vous en assurer l'entiere jouissance?
Je ne puis concevoir que vous lui reprochiez
De se hâter de mettre un Empire à vos pieds:
Mais lui-même, chargé du vœu d'un peuple auguste;
Ne peut-il pas vous faire un reproche plus juste?
Un Consul, dont le bras sert la cause des Rois,
A sur leurs prisonniers de légitimes droits.
Et, malgré de tels droits, & malgré la promesse
Que lui fit dans son camp votre ardente jeunesse,
Quand du sein des revers vous briguiez son appui;
Il n'obtient rien de vous, qui tenez tout de lui.

TIGRANE.

Moi-même, je comptois sur sa reconnoissance.
Magistrat complaisant d'un Peuple qu'il encense;
Mais Guerrier, qu'exalta le cri des factions,
Il a pris dans mon camp ses premieres leçons.
Je lui fis des Soldats, il n'avoit qu'une armée.
Il n'est même connu que par ma renommée.

GLAPHIRE.

Rome en peut-elle moins, par la voix de Varus,
Vous demander les Rois que vous avez vaincus,
Et hâter un hymen, qui, par votre main même,
Doit mettre sur mon front mon propre Diadême?
Il ne fait que veiller au maintien d'un Traité
Qui vous valut le Trône où vous êtes monté.
Il doit compte aux Romains, dont l'ordre le rappelle;
Des Captifs couronnés que ce Palais recèle,
Et Rome veut les voir au sein de ses remparts,
Précéder enchaînés la pompe de ses chars;

Et vous, loin de lui rendre un honneur qui la flatte;
Vous délivrez le Chef du camp de Thermodate;
Volgésie en ces murs reste sur votre foi;
Ma Captive me brave ou marche égale à moi;
Et ce jour qui devoit n'éclairer que des Fêtes,
Ne semble préparer que de longues tempêtes.
C'est de quoi le Consul a droit d'être étonné;
Il demande pourquoi je vous ai couronné.

TIGRANE.

Pour regner.

GLAPHIRE.

Il pensoit, j'ôsois aussi le croire,
Que je pouvois du moins partager cette gloire.

TIGRANE.

Je ne m'explique point. Quels que soient mes desirs;
Dois-je à quelque Romain compte de mes soupirs?
Et ne puis-je un moment regner sur ma conquête,
Que d'un bandeau l'Hymen n'ait orné votre tête?
Je reçus des Romains le vain titre de Roi,
De vos mains la Couronne, & l'Empire de moi:
Ce n'est pas qu'oubliant une faveur passée,
Je n'en puisse déja soutenir la pensée:
Mais que, songeant sans cesse à m'en entretenir,
On me fasse une loi de m'en ressouvenir,
Je ne le prétends pas; & je ne puis vous taire
Que ce hardi Consul commence à me déplaire.
De quel front ôse-t-il interroger un Roi?
C'est un droit, qu'ici-bas, les Dieux seuls ont sur moi.
Cessez de m'en parler; je saurai bien, Madame,
Lorsqu'il en sera temps, vous parler de ma flâme.
Thermodate n'est plus; mais le Parthe obstiné
Brûle encor de venger son Chef infortuné:

Et vous voyez vous-même une nouvelle armée
Menacer mon Empire avec ma renommée :
Ne puis-je, d'un hymen retardant les apprêts,
Mériter votre main & mes premiers succès ?

GLAPHIRE.

Poursuivez donc, Seigneur, votre illustre victoire ;
Ou plutôt hâtez-vous d'en assurer la gloire ;
Et qu'Orban de vos mains, pour prix de son Traité,
Reçoive ici la paix avec la liberté.
Différez notre hymen, cessez de vous contraindre ;
De ces justes délais je ne sçaurois me plaindre.
Des destins ennemis prévenir le retour,
C'est me donner encore une preuve d'amour ;
C'est affermir un Trône où je suis destinée,
Et pour un plus beau jour différer l'hymenée.

SCÈNE III.

TIGRANE, ISMANE.

TIGRANE.

Elle a lu dans mes yeux le crime de mon cœur.....
Ah ! que j'achette cher le titre de vainqueur !
Que mon triomphe même est funeste à ma gloire !
Le Parthe, moins que moi, gémit de ma victoire.
Cher Ismane, eh ! comment s'applaudir d'un succès
Qui ne donne qu'un Sceptre & coûte deux forfaits.
O de l'Ambition trop flatteuse imposture !
Je deviens à la fois un ingrat, un parjure.

Encor, si de mon cœur, qu'envain j'ai combattu,
La seule ambition égaroit la vertu !
Mais le nouvel amour qu'il nourrit & recèle,
Prête à son ascendant une force nouvelle ;
Et cet amour, d'abord né de l'ambition,
L'emporte par dégrés sur cette passion.
Apprends enfin mon sort : cette illustre Princesse
Qui passe dans les pleurs sa premiere jeunesse ;
Ce reste infortuné du sang des plus grands Rois ;
Qui doit à l'Orient donner un jour des loix ;
De Volgésie, enfin, cette unique Héritiere,
D'un Vainqueur odieux aimable prisonniere,
Qui m'a vu, sans égard au rang des Souverains,
Arracher, furieux, un Sceptre de ses mains ;
Qui m'a vu renverser, sacrilége & blasphême,
L'Image du Soleil qu'elle adore elle-même ;
Dont, au pied des Autels, mon barbare courroux,
Sous ses yeux, dans ses bras, a massacré l'époux ;
Dont cette main encor, cette main parricide,
Dégouttante du sang de ce cher Arsacide,
Avec ce même fer a déchiré le sein....
Je la vois, qu'il est dur d'en être l'assassin !
Cependant que mes mains vont essuyer ses larmes.
Ismane, amène Orban, & m'apporte ses armes ;
Il fut le compagnon, l'ami de son époux,
Je veux, par des bienfaits, adoucir son courroux.

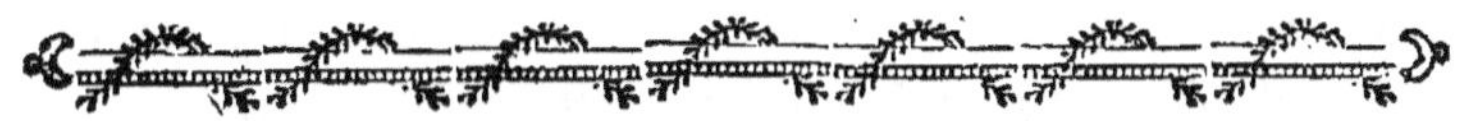

SCÈNE IV.

BARSÉNICE *enchaînée*, TIGRANE, ISMANE, CLÈONE.

TIGRANE, *ôtant les chaines des mains de Barsénice.*

Il est temps que mes mains fassent tomber vos chaînes;
Je ne me souviens plus de nos antiques haines,
Madame, & je pensois que, docile à mes loix,
Glaphire ici sur vous usoit mieux de mes droits.

BARSÉNICE.

Est-il permis, Seigneur, à votre prisonnière
D'implorer à vos pieds une grâce dernière?
On dit que l'Héritier des droits de mon Epoux,
Affranchi de vos fers, vient traiter avec vous;
Que, s'enorgueillissant du crime de sa Mère,
Qui parmi mes ayeux sut lui choisir un Père,
Il vient, loin de verser des larmes avec moi,
Insulter à des pleurs qui coulent pour son Roi;
Et, trop fier d'en porter le sacré Diadême,
En demander ici, Seigneur, l'Épouse même:
Et comment sçait-il donc qu'il a perdu le jour?
Je n'en crois point si-tôt aux rumeurs d'une Cour;
Mes yeux dans le tombeau ne l'ont point vu descendre,
Je n'ai point de mes pleurs encor baigné sa cendre;
Seigneur, ne souffrez pas qu'au sein de votre Cour,
Orban, jusqu'en mes fers, insulte à mon amour.

TIGRANE.

Quoi! lorsqu'en un rival qui blesse ici ma vue,
Je respecte le sang dont vous êtes issue,

Se peut-il qu'un tel Prince, ami de votre Epoux;
Abuſe d'un bienfait qu'il ne tient que de vous;
Qu'il vienne m'envier le fruit de ma victoire?
Ce n'eſt donc point aſſez que, rival de ma gloire,
Orban prétende au Trône où je me vois monté!
Téméraire!... mon zèle eſt trop précipité.
Quels que ſoient de ce Prince & les vœux & l'audace,
Je ſens ce que m'impoſe un Roi de votre race;
Et dût ſon nouveau rang me devenir fatal,
Je veux briſer les fers d'un ſemblable rival.
Je ne puis même ici refuſer de l'entendre;
Mais, vivement touché d'une douleur ſi tendre,
Contre tous ſes projets je ſerai votre appui,
Et j'aime à voir l'horreur que vous avez pour lui.
Ce n'eſt pas, puiſqu'il faut vous l'avouer, Madame,
Que Thermodate encore ait des droits ſur votre âme;
Je ne puis vous laiſſer dans ces doutes mortels;
L'Hymen peut vous conduire au pied de nos Autels.
J'ai vu....

BARSÉNICE.

De mon erreur laiſſez-moi l'heureux reſte;
Ce que vous avez vu n'eſt qu'un ſonge funeſte;
Mais que dis-je? & juſqu'où m'emporte la douleur?
Ce que vous avez vu ne peut être une erreur;
Dites-moi ſeulement qu'eſt devenu le Frère
Du Prince qu'à mes yeux frappa votre colere:
Ne me reſte-t-il rien de ce ſang glorieux?

TIGRANE.

Ah! trop baigné déja d'un ſang ſi précieux,
Je perdis tout-à-coup l'ardeur de le répandre;
Et c'eſt par d'autres mains....

BARSÉNICE.

Ciel ! que viens-je d'apprendre ?

(*A part.*)

Quand l'hymen & mon cœur me rangeoient sous ses loix,
Dieux ! je le voyois donc pour la dernière fois !
Viens, Cléone.

TIGRANE.

Arrêtez....

BARSÉNICE.

Achève ton ouvrage ;
Tu n'as pas assez loin encor porté la rage,
Il reste à me livrer au mépris des Romains,
Et tu veux à leur char m'enchaîner par tes mains.

TIGRANE.

Par mes mains !

BARSÉNICE.

Oui, c'est peu du meurtre des deux Frères,
C'est trop peu qu'insensible à des larmes amères,
Tigrane ait sous mes yeux percé l'auguste flanc
Du dernier des Héros de mon malheureux sang ;
Triste jouet d'un peuple insolent & barbare,
Je m'en vais donc orner la pompe qu'il prépare,
Et voir ton bras peut-être, aux meurtres exercé,
Rouvrir encor le sein qu'il a déja percé.

TIGRANE.

A quel excès vous porte une terreur si vaine !
Ah ! ce n'est plus à vous de redouter ma haine.
Moi ! je vous livrerois en de barbares mains !
Ah ! périssent plutôt Glaphire & les Romains !

BARSÉNICE.

Tu leur dois de mon sang le noble sacrifice :
Crains-tu qu'à de tels coups leur haine n'applaudisse ?

Vous ne faites qu'une âme & ton amante & toi,
Et Varus te sçait gré de ta haine pour moi.

TIGRANE.

Ah! si Glaphire & moi nous ne faisions qu'une âme,
Que Glaphire bien peu vous haïroit, Madame!
Et d'un autre suffrage aujourd'hui plus jaloux,
Ce n'est pas de Varus que je crains le courroux;
Je songe bien plutôt, pour adoucir le vôtre,
A défendre vos jours, & de l'un & de l'autre;
Et dussé-je contre eux armer mes propres mains....

BARSÉNICE.

Eh quoi! Tigrane, vous, allié des Romains!
En traitez-vous ainsi l'implacable ennemie?
Ou dans sa haine, enfin, Rome mal affermie,
Veut-elle, par l'éclat d'une telle pitié,
Vaincre de mon pays l'antique inimitié?
Qu'elle n'attende rien de cette grâce insigne;
Pour moi, je mets ma gloire à m'en montrer indigne;
Qu'elle garde sa haine & vous votre courroux,
Je ne prétends rien d'elle & ne veux rien de vous.

TIGRANE.

Eh bien! que Rome soit l'objet de tant de haine:
Elle poursuit en vous une Parthe, une Reine:
Mais ne puis-je espérer que votre défenseur
De votre aveu du moins n'obtienne la faveur?

BARSÉNICE.

M'est-il enfin permis de fuir votre présence?
Eh! qu'attendez-vous donc de tant de violence?
Vous, qui de mon époux vous dites l'assassin,
Vous formez pour sa veuve un trop noble dessein.

TIGRANE.

Toujours quelques malheurs naissent au sein des armes.
Un vainqueur, malgré lui, fait couler bien des larmes;
Mais peut-on, quand sa main s'empresse à les sécher,
Mettre encor quelque gloire à les lui reprocher?

BARSÉNICE, *brusquement.*

Quel discours & quel trouble!...

TIGRANE.

Ah! Madame, je n'ôse
D'un trouble si cruel vous apprendre la cause.

BARSÉNICE.

Ne m'en instruisez point, ces soins sont superflus....
Il est donc vrai, grands Dieux! Thermodate n'est plus:
Et c'est son meurtrier, c'est mon assassin même
Qui, teint de tant de sang, ceint de mon Diadême,
Vient, avec confiance, exposer à mes yeux
Un trouble!..... Gardez-vous de vous expliquer mieux;

(*Avec une fierté mêlée d'indignation.*)

Je ne veux point, Seigneur, en apprendre la cause;
Du soin de le calmer sur vous je me repose.
Je suis votre Captive, & mon cœur, plein d'effroi,
Ne sauroit s'occuper que des miens ou de moi;
Je n'en veux pas de vous exiger davantage,
Seigneur; vous entendez sans doute ce langage.
Qu'Orban suive à son gré ses projets sur mon cœur,
Ce n'est plus à mes yeux une si grande erreur:
N'y prenez point de part, & mettez moins de zèle
A me sauver des chars où le Consul m'appelle;
Moi seule, s'il le faut, Seigneur, je sçaurai bien
Trouver un moyen sûr de n'en redouter rien.

(*Elle sort.*)

SCÈNE V.

TIGRANE, *seul.*

VOILA donc les adieux que me laiſſe ſa haine !
Et moi, je défendrois cette Eſclave hautaine !
Et je perdrois pour elle, après de tels dédains,
Et le cœur de Glaphire, & l'appui des Romains !
Non : laiſſons-la ſubir ſa juſte deſtinée ;
Qu'elle ſoit à leur char en triomphe traînée.....
Mais pouvois-je eſpérer de fléchir ſon courroux ?
Mon bras n'eſt-il pas teint du ſang de ſon époux ?
Qu'ai-je à me plaindre, après ce qu'elle vient d'apprendre ;
Avec moins de rigueur pouvoit-elle m'entendre ? ....
Où va donc m'égarer un lâche & vain amour ?
N'ai-je donc pu le vaincre & le priver du jour ?
Sa mort n'eſt-elle pas l'effet de mon courage ?
A quel point cependant elle a porté l'outrage !
Quels mépris cette Parthe affecte ici pour moi !
Mon amour dans ſon cœur ne porte que l'effroi.
Mais je veux l'agiter de plus juſtes allarmes.

SCÈNE VI.

TIGRANE, ISMANE.

ISMANE, *tenant dans ses mains l'épée de Thermodate.*

ORBAN, de votre main, vient recevoir ses armes.

TIGRANE, *furieux encore de la secrette indignation avec laquelle Barsénice a reçu la déclaration de son amour.*

Donne; qu'avec ce fer je l'immole en ces lieux;
Tout Parthe ne m'est plus qu'un objet odieux.
Ah! qu'il m'est doux d'avoir immolé Thermodate!
Moi seul, je fais couler les larmes de l'ingrate;
Je ne la verrai pas, du moins, entre ses bras,
Insulter à des feux qu'elle n'éprouve pas.
Que dis-je? Je voudrois qu'il respirât encore;
Qu'elle aimât ce barbare autant que je l'abhorre:
Qu'avec plaisir, cédant à ma juste fureur,
Ma main, sous ses yeux même, iroit percer son cœur!

SCÈNE VII.

TIGRANE, THERMODATE, ORBAN, ISMANE.

THERMODATE, *au fond du Théâtre.*

De quel nom désormais faut-il que je le nomme ?
Est-ce un Roi ? N'est-ce encor qu'un allié de Rome ?

(*A Tigrane.*)

Tu défends une Reine, &, bravant les Romains,
Tu remets, sans terreur, mes armes dans mes mains :
Mon rival, grâce au Ciel, est digne de l'Empire !
Encor quelques vertus & le Parthe t'admire.
Ce sentiment est rare ; ôse le mériter :
Le vainqueur d'un Roi Parthe est né pour l'exciter.
Mais si, dans tes bienfaits mettant toute ta gloire,
Tu n'es pas aussi grand qu'ils nous le laissent croire ;
Si le noble projet que m'inspirent les Dieux
Ne porte dans ton cœur l'orgueil de mes ayeux ;
Si tu n'as en un mot, digne Elève de Rome,
Que l'ardeur d'un guerrier & les vertus d'un homme ;
Ton rival, sous tes yeux, brûlant de t'asservir,
Ne veut la liberté que pour te la ravir.
Garde-toi de compter sur ma reconnoissance :
Ta bonté me déplaît, & ta faveur m'offense.
Tu crois qu'un tel Soldat ne peut changer le sort ;
Et je suis, à tes yeux, indigne de la mort !

Mais, de quelque ſuccès que ta valeur ſe flate,
Redoute encore en moi l'aîné des Thermodate.
Je dois t'en avertir, je ne puis te tromper:
Si tu ne veux combattre, il eſt temps de frapper.

TIGRANE.

Un tel orgueil me plaît, votre candeur me touche;
J'admire malgré moi cette vertu farouche,
Et le Roi, dont le nom vous honore aujourd'hui,
Ne m'eût pas inſpiré plus de reſpect pour lui;
Mais ces deux ſentimens, dont j'éprouve l'empire,
Sont les ſeuls qu'à mon cœur votre menace inſpire.
Gardez-vous de penſer que, prompt à m'ébranler,
Je craigne les périls dont vous m'ôſez parler,
Ni que, pour retarder l'effet de ma parole,
L'impoſture me prête un prétexte frivole.
Thermodate, ſois libre, & reçois de mes mains
Ce fer, que craignent peu Tigrane & les Romains;
Et ſi pour ce projet, que je conſens d'apprendre,
Je n'ai que des vertus qui n'y puiſſent prétendre,
Pars pour ton camp, & ſois, s'il ſe peut, aujourd'hui
Auſſi grand que ton Maître, & plus heureux que lui.

THERMODATE.

Tigrane, en ce moment, eſt bien plus grand encore;
Je reçois de ſa main un don qui nous honore.
Il m'eſt d'autant plus cher qu'il ſemble préſager
Le ſuccès du projet où je viens t'engager.
Inſtruite de mon zèle, aujourd'hui Volgéſie
Abandonne à mes ſoins le ſalut de l'Aſie,
Et, tremblante une fois, met encor dans mes mains
Le ſort de Barſénice & ſes propres deſtins.

C'est sur tant d'intérêts qu'une Mere si tendre
Veut ici, par ma voix, te parler & t'entendre.
Mais dérobe Glaphire à de tels entretiens;
Écarte loin de nous ses Gardes & les tiens.
Pour Barsénice même, à sa douleur livrée,
Que cette enceinte soit une enceinte sacrée;
Que de vains Courtisans le fastueux concours,
D'un aussi grand Traité ne trouble point le cours;
Et cette vérité, dont le charme te touche,
Va, du fond de mon cœur, te parler par ma bouche.

TIGRANE.

N'en doutez point, Tigrane en chérit les attraits.
Ismane, que l'on veille aux portes du Palais.
Votre demande est juste, & je brûle d'entendre
Les secrets importans que vous voulez m'apprendre.
Mais avant tout, sensible à des maux que j'ai faits,
Je veux en prévenir les funestes effets.
Plus que jamais la Reine, à ses terreurs livrée,
Peut lever sur son sein sa main désespérée:
Je veux l'en garantir; &, libre d'un tel soin,
Je reviens en ce lieu vous ouïr sans témoin.

SCÈNE

SCÈNE VIII.

THERMODATE, ORBAN.

THERMODATE.

Tu le vois, cher Orban ; mon vainqueur magnanime
Craint bien moins un rival, qu'il ne redoute un crime.
De quel front ce Monarque, avec la liberté,
Me rend l'espoir d'un Trône où lui-même est monté.
Pourquoi faut-il que Rome en ait séduit l'enfance ?

ORBAN.

Il eût des Rois contre elle embrassé la défense.
Ennemi des Romains, il eût vengé sur eux
L'affront qu'en ont reçu son pere & ses ayeux.
Quelque haine, Seigneur, que ce Vainqueur m'inspire ;
Comme vous, malgré moi, je sens que je l'admire ;
Thermodate peut seul le faire ici trembler :
Orban est un Rival qu'il rougit d'immoler.
Cependant, si je puis, sous les yeux de mon Maître
Rappeler les exploits qui me firent connoître,
On m'a vu contre Rome, & dans plus d'un combat,
Montrer l'âme d'un Chef & le cœur d'un Soldat :
Plus d'une fois encor, Seigneur, j'ai, sur vos traces,
De Tigrane lui-même affronté les menaces ;
Et le sang d'où je sors lui devoit inspirer
Plus de terreur du moins qu'il ne semble en montrer.
Seigneur, je ne veux point, sur cet heureux outrage,

En des momens si chers, en dire davantage :
Je dois bénir le ciel qui veut que dans son cœur
Votre nom puisse seul exciter la terreur ;
Et c'est pour un Soldat assez de renommée,
Que d'être bien connu du Prince & de l'Armée.

THERMODATE.

Cher Orban, tu n'es pas moins fameux que nos Rois,
Et l'Orient encore est plein de tes exploits ;
Mais Tigrane, en effet, digne du diadême,
Eût fait grace sans doute à Thermodate même.
Ce Prince qui ne peut en rien souffrir d'égal,
Veut encore, en vertus, surpasser son Rival.
Je puis tout en attendre, Orban ; un si grand homme
Va respirer ma haine & marcher contre Rome.
Je brûle de l'asseoir au rang de mes ayeux.
Tandis qu'un tel dessein me retient en ces lieux,
Toi, Prince de mon Sang, que j'aime à reconnoître,
Digne héritier des droits & du nom de ton Maître ;
Ami, dont les vertus font respecter l'Amour
Qui t'a formé du sang dont j'ai reçu le jour,
Arsacide chéri dont, jusques au nom même,
Tout m'est si nécessaire en mon danger extrême,
Va, vôle à notre armée, & que, de ces remparts,
Tigrane voye encor flotter nos étendarts,
Et, malgré tant d'espoir, s'il faut que j'y succombe,
De leurs débris sanglans couvre du moins ma tombe.

Fin du troisième Acte.

ACTE IV.

SCÈNE PREMIERE.

TIGRANE, *un poignard à la main ;* ISMANE.

TIGRANE.

Qu'il n'entre point encor, qu'il me laisse le tems
De calmer, s'il se peut, le trouble de mes sens.
Dans l'état où je suis, je ne sçaurois l'entendre......
C'est donc là tout l'effet de l'amour le plus tendre !
Ingrate ; eh ! qu'ai-je dit encor d'un tel amour,
Pour vous rendre odieux & Tigrane & le jour ?.....
L'image, à mon esprit, en est toujours présente.
Au fond de ce Palais, pensive, languissante,
Agitée ou tranquile, au gré de ses douleurs,
Elle levoit au ciel des yeux mouillés de pleurs.
C'est dans un tel état que mon amour timide,
Observoit, inquiet, cette chere Arsacide.
Loin d'elle encore, Ismane, il retenoit mes pas,
Lorsqu'invoquant les Dieux & leur tendant les bras,

Sanglotant à la fois, avec le nom d'un pere,
Le nom de Thermodate & celui d'une mere,
Elle arme tout-à-coup sa parricide main
De ce fer qu'à mes yeux, elle prend dans son sein.
Je vôle, je l'arrête, elle pâlit..... Ma vue
Produit l'effet du coup dont je l'ai défendue.
On s'empresse autour d'elle, & les plus prompts secours
Ont enfin rallumé le flambeau de ses jours......
Jusqu'à quel point, grands Dieux! l'ingrate me déteste!
Et combien mon amour m'est aujourd'hui funeste!
Impatient de plaire, hélas! j'ai tout tenté;
J'ai même, à mon Rival, rendu la liberté;
Sans songer qu'en ses mains une seule victoire
Pouvoit mettre à la fois ma Maitresse & ma gloire.
Il peut du moins, il peut, plus fortuné que moi,
Toucher enfin un cœur que je glace d'effroi.
Ami des siens, & né d'un sang qu'elle révere,
Ismane, il n'a que trop de titres pour lui plaire....
Si ses droits à mon rang ne peuvent m'allarmer,
Je dois craindre, du moins, un Roi qu'on peut aimer;
Un Roi que Volgésie a désigné son Gendre......
Qu'il entre. A cette gloire, il s'obstine à prétendre!
C'est Barsénice, ô Ciel! qu'il vient me demander!
Je le vois..... De quel front ôse-t-il m'aborder?
De mon premier Rival c'est-là l'audace extrême;
J'abhorrois encor moins Thermodate lui-même.

SCÈNE II.

TIGRANE, THERMODATE.

TIGRANE.

Quel projet important vous retient près de moi ?
Mon Rival en ces lieux ! qu'y veut-il faire ?

THERMODATE.

Un Roi.

TIGRANE.

Je croyois à ce titre avoir droit de prétendre.

THERMODATE.

Non, Tigrane ; & c'est-là ce que je viens t'apprendre :
Non ; & ce vêtement, cette pourpre, cet or,
Ces ornemens Romains me l'annoncent encor :
Non, Tigrane ; & les Rois mis au rang de nos freres,
Rougiroient de porter ces marques étrangeres ;
Mais tu parois surpris, & de la vérité
Déja tu sembles mal accueillir l'âpreté.
Quoi, Tigrane ! est-ce donc qu'un Éleve de Rome
Ne s'accoutume point au langage d'un homme ?
N'attends point qu'un Soldat, timide en ses discours,
De l'art des Courtisans emprunte les détours ;
On ne connoît encor dans nos rochers sauvages,
Que les arts dont le Ciel dota la premiers âges ;
Même à la Cour du Parthe, on ne sait point voiler
Le langage des Camps, que je te vais parler.

Rome, dans nos climats portant la tyrannie,
Veut donner de sa main un Prince à l'Arménie.
Je ne veux point ici te parler de nos droits;
Je sais que la victoire est la raison des Rois:
Mais ôses-tu penser qu'on ne puisse prétendre
A détruire un succès qu'il t'a fallu surprendre?
Ce rempart, si souvent ébranlé par nos mains,
Vit notre fuite même effrayer les Romains;
Et si je dois nommer l'aîné des Thermodate,
Souviens-toi qu'il t'a fait trembler dans Artaxate.
C'est-là l'Ambassadeur qui va t'entretenir;
De la nuit du tombeau tu le vois revenir:
J'ai son nom, ses malheurs, ses droits, son diadême,
Pour Rome son horreur, ses autres vertus même;
Et dédaignant des Cours l'orgueilleuse splendeur,
Il s'offre à tes regards dans cet Ambassadeur:
En ce jour, par ma bouche, il va te faire entendre
Que Rome à nous dompter ne doit jamais prétendre;
Ce laurier que tu vois croître dans ces climats,
Se flétrit dans vos mains & fleurit sous nos pas;
Et ce Soleil, ce Dieu qu'ont adoré mes peres,
En laisse peu cueillir par des mains étrangeres.
Ces rocs, ces monts affreux sont encor hérissés
Des dards dont autrefois vous fûtes terrassés.
Là, s'arrête le vol de vos Aigles Romaines;
Là, Varus rencontra des Soldats & des chaînes.
Vois contre ces écueils qu'ils ôsoient mépriser,
Trembler les Scipions, les Crassus se briser.
Quand ces Guerriers, nourris dans les champs de la guerre,
Faisoient l'honneur de Rome & l'effroi de la terre,
Et que le Dieu du Tibre, embrassant les deux Mers,
Vit l'altier Occident lui demander des fers;

Si mon pays alors, moins ſuperbe & plus brave,
Demeura libre au ſein de l'Univers eſclave,
Et, ſeul indépendant, vengea par ſes exploits
Les malheurs de la terre & la honte des Rois;
Penſes-tu, toi qui ſais qu'au ſein de la molleſſe
Rome perd par dégrés ſon antique nobleſſe;
Toi qui vis ſes Conſuls, nés ſes premiers Soldats,
Vieilliſſant à loiſir loin du bruit des combats;
Penſes-tu que, des Jeux d'un Cirque ou d'un Théâtre,
De jeunes Sénateurs tentent de nous abattre?
Appréhenderons-nous un peuple ſpectateur,
Qui chérit un Soldat moins qu'un Gladiateur;
Un peuple de Cliens, d'Eſclaves, ou de Traîtres,
Qui rampe, ou qui périt ſous le joug de cent Maîtres,
Et qui n'impoſe plus à tant de Rois divers
Que par l'éclat du nom qu'il eut dans l'Univers?
Mais je veux que tout cède à ton jeune courage,
Que les Parthes tremblans, courent à l'eſclavage,
Que l'Orient s'ébranle & tombe ſous ta loi;
La conquête eſt pour Rome & les périls pour toi;
Et peu contente encor du fruit de ta victoire,
Elle ſçaura te faire un crime de ta gloire:
Rome, à la fois, mépriſe & redoute les Rois,
Implore ſes Guerriers & punit leurs exploits.
Tu le vois, un Conſul ici même te brave;
Peux-tu combattre en Parthe & régner en eſclave?
Je cherche un Roi; l'es-tu? Mais, pour me le prouver,
Ce Roi, c'eſt dans ton cœur que je dois le trouver.
Je l'avoûrai, ſans ceſſe occupé de ma haine,
Je crains de voir en toi l'amant d'une Romaine.
Glaphire en a l'orgueil, elle brûle pour toi;
Mais c'eſt en rougiſſant de ſes feux pour un Roi;

Et de quelque beau nom que l'Orient nous nomme,
Rien n'égale l'éclat des Citoyens de Rome;
Et tu ne dois son cœur qu'à l'honneur d'être admis
Dans le servile rang de leurs humbles amis:
Tout le reste n'est plus qu'une gloire étrangère.
Encor si le Sénat, qui proscrivit ton Père,
Ne l'eût, par des sermens, liée à tes destins,
Glaphire qu'éblouit la gloire des Romains,
Quelque amour dont son cœur se soit laissé surprendre,
Du rang des Citoyens n'eût point daigné descendre;
Mais Rome qui sans elle eût peu compté sur toi,
A cette femme altière en imposa la Loi.
Tu ne tiens donc rien d'elle & tu tiens peu de Rome.
Est-on Roi, dès qu'au Trône un vain Sénat vous nomme?
Il remit dans tes mains & Glaphire & ses droits:
Eh bien! rends l'un & l'autre à ces tyrans des Rois,
Et tranquile avec nous contre leur tyrannie,
Hâte-toi, conquérant, maître de l'Arménie,
D'en déposer le Sceptre & la Reine en mes mains,
Et digne ami du Parthe, ennemi des Romains,
Aux climats du Soleil, au centre de l'Asie,
Va monter sur le Trône auprès de Volgésie.

TIGRANE.

Cette offre est généreuse, & ce projet est grand;
Mais il me flatte encor moins qu'il ne me surprend.
Eh quoi! de l'Orient cette superbe Reine,
Sa fille, pour Tigrane, abjureroit sa haine!

THERMODATE.

Veux-tu l'éteindre enfin, &, comme tes ayeux,
Cher aux Rois de l'Asie, être grand à nos yeux?

Sois l'ennemi de Rome, & le Parthe t'adore.
Tu sçais ce qu'elle fut, vois ce qu'elle est encore;
Son Sénat avili n'a plus de Magistrats,
Elle a des légions & manque de Soldats.
L'âme de ses Consuls passe dans ses armées,
D'un souffle à peine encore elles sont animées.
Tigrane, ouvre les yeux, observe l'Univers;
Tout méprise, tout hait les Maîtres que tu sers.
Toi servir! & qui?.. Rome!.. Ah! fuis son alliance.
Tu descends de grands Rois? Prouve moi ta naissance.
Quoi! le fils d'Artabase est l'ami des Romains!
Avec moi, dans leur sang, ôse tremper tes mains;
Que ces Soldats si vains, ces brigands de l'Asie,
Révèrent, en tombant, l'époux de Volgésie:
Et s'il est des dangers qu'il nous faille courir,
Souvenons-nous qu'un Roi doit régner ou mourir.

TIGRANE.

J'honore Volgésie; un pareil nom m'impose;
Mais si de ses projets je pénétre la cause,
Prince, si pour sauver sa fille de leurs mains,
Elle veut m'arracher au parti des Romains;
Quelques vifs sentimens que son offre m'inspire,
Sa fille seule ici peut plus que son Empire.
Cet honneur toutefois n'est point à dédaigner:
Sur le Parthe sans doute il est beau de régner,
Et je peux accorder, si j'en deviens le maître,
Vos projets & ma gloire, & mon amour peut-être.
Mais pardonnez, je n'ôse, en un traité si grand,
A la foi d'un captif me livrer sans garant.
Je ne connois Orban que par la renommée;
Et toujours confondus dans les rangs d'une armée,

Vos Chefs sont rarement distingués des Soldats ;
Je les ai combattus & ne les connois pas.
Il est vrai que tantôt, sans soupçons, sans allarmes,
A mon nouveau Rival, j'ai cru rendre ses armes :
Mais ce soin généreux qu'on prend de ma grandeur
Fait naître malgré moi des soupçons dans mon cœur ;
Et si j'écoute un bruit confus, mais vrai peut-être,
Dans son camp qu'il rassemble, Orban vient de paroître.
Qui sçait, si sous son nom, de concert avec lui,
On ne me viendroit point enlever un appui,
Et contre moi de Rome attirer les orages,
Pour me combattre ensuite avec plus d'avantages ?

THERMODATE.

Moi !

TIGRANE.

Je veux dissiper ce doute injurieux.
Gardes, accompagnez Barsénice en ces lieux.

(A Thermodate, qui fait un mouvement de surprise.)

Quel est ce mouvement que je viens de surprendre ?

THERMODATE.

Tu devois, sans témoins, me parler & m'entendre.

TIGRANE.

Et pourquoi ? craignez-vous que je n'offre à vos yeux
L'objet de vos traités & celui de vos vœux ?
Elevée à la Cour où vous avez dû naître,
Fille de Vologese, elle doit vous connoître ;
Mais si.... vous n'êtes point capable d'un forfait :
Non, Prince ; & tout en vous me l'annonce en effet.
Je vais vous présenter aux regards de la Reine ;
Moins que moi vous avez à redouter sa haine.

Oui, quel qu'en soit l'excès, elle peut se trahir,
Vous êtes né d'un sang qu'elle ne peut haïr :
Mais du moins n'aspirez qu'à ce seul avantage.
Vous n'obtiendrez rien d'elle en voulant davantage ;
Et moi-même, à vos vœux constamment opposé,
Je sçaurois vous punir pour avoir trop ôsé.
Ne prétendez donc plus (& qu'il vous en souvienne)
Qu'à son amitié seule, Orban, & qu'à la mienne.
Elle vient. Un long voile, un sombre vêtement
M'annoncent, & son deuil, & son ressentiment.

SCENE III.

TIGRANE, THERMODATE, BARSÉNICE, ISMANE, CLÉONE.

BARSÉNICE.

Qu'il abuse des droits que la victoire donne !

TIGRANE.

Madame, à trop d'ennui votre cœur s'abandonne ;
Je veux sçavoir de vous si cet Ambassadeur
Est en effet Orban.

BARSÉNICE.

Il ne l'est point, Seigneur :
C'est un Soldat obscur que je ne puis connoître ;
Il n'est point Orban, dis-je, & même il ne peut l'être.
Des droits de mon époux cet héritier heureux,
Orban est loin, Seigneur, de ces murs dangereux ;

Punissez, j'y consens, le mortel téméraire....

TIGRANE.

Tu n'es donc en effet qu'un Soldat ordinaire;
Que le perfide Orban, pour surprendre ma foi,
Honore des grands noms d'Ambassadeur, de Roi.
Je ne m'étonne plus qu'une frayeur soudaine,
Ait saisi l'imposteur au seul nom de la Reine.
Mais elle a prononcé. Gardes, que, sous ses yeux,
On immole à sa haine un traître audacieux.

THERMODATE.

Ce discours & ces noms ont tous de quoi surprendre
L'oreille d'un Soldat peu faite à les entendre.
Je ne te dirai rien d'indigne de mon rang;
(*A Barsénice.*)
Mais vous qui l'invitez à répandre mon sang,
Madame, est-ce sur moi que votre haine éclate?

BARSÉNICE, *levant son voile.*

Quelle voix, Dieux!

TIGRANE, *aux Gardes.*

Soldats!

BARSÉNICE.

Ah! Seigneur... Thermodate...
Ses périls... son nom, tout me rappelle un époux.
C'est ainsi, m'a-t-on dit, qu'il tomba sous vos coups.

TIGRANE.

Ah! Madame, je veux, pour réparer mon crime,
A ses mânes, moi-même, offrir cette victime;
Qu'il reçoive le prix de son double forfait;
Du piége qu'il me tend, de l'affront qu'il vous fait.

(Tigrane tire le poignard qu'il avoit dans les mains à la premiere Scène de cet Acte.)

Que sous vos yeux....

BARSÉNICE.

Arrête.

TIGRANE.

Eh bien ! Frappez vous-même ;
Puisse son sang calmer votre douleur extrême !

BARSÉNICE, *ayant en main le fer de Tigrane.*

Eh ! quel est donc l'état où le sort me réduit !
De mon amour pour toi, voilà donc tout le fruit !
Ah ! si tu peux encore, ou me voir, ou m'entendre ;
Regarde où m'a conduit un sentiment si tendre ;
Cher Thermodate, hélas ! je n'ôse le nommer,
Votre haine à ce nom semble se rallumer ;
Mais mon cœur ne sçauroit en bannir la mémoire ;
Et si ce Prince encor s'intéresse à ma gloire,
Que m'en restera-t-il, quand j'aurai répandu
Le sang de ce Guerrier qui l'a bien défendu,
Et qui, de quelques Rois qu'il se dise descendre,
N'est pas formé d'un sang que je doive répandre ?

TIGRANE.

Madame, expliquez mieux....

BARSÉNICE.

Son sort me fait trembler ;
Je ne sçaurois me taire, & je ne puis parler.
Dans le trouble cruel où vous m'avez réduite,
Laissez-moi rassurer un cœur que tout agite.

THERMODATE.

Cessez de vous livrer à d'indignes frayeurs ;

Vous êtes Arſacide, & vous verſez des pleurs!
Pour ſoutenir vos maux & mon malheur extrême,
Rappelez vos Ayeux, & Thermodate même.

BARSÉNICE.

Qu'ai-je fait! Mais pleurant les malheurs d'un époux,
Prince, vous le voyez, ſi je penſois à vous.
Lui ſeul m'étoit préſent; ſa triſte deſtinée
Irritoit contre Orban ſa veuve infortunée;
Et ce Prince que tout me retrace en ces lieux,
M'arrache encor les pleurs qui coulent de mes yeux:
Pouvois-je, en cet état, vous être moins contraire?

THERMODATE.

Mon cœur n'a ſur ce point nul reproche à vous faire;
Vous m'auriez même vu prompt à vous excuſer,
Mourir de votre main ſans vous en accuſer.
D'un trouble dont la cauſe eſt auſſi légitime,
Ce n'eſt qu'en vous plaignant que je vous fais un crime;
Mais vous pouvez, malgré ce juſte déſeſpoir,
Inſtruire le Vainqueur de ce qu'il doit ſçavoir,
Et pour l'honneur d'un nom que Vous devez connoître,
Bannir les ſeuls ſoupçons que j'aye encor fait naître.

BARSÉNICE.

Que ce Prince, Seigneur, j'en atteſte les Dieux,
Eſt loin de mériter ces ſoupçons odieux;
Je vais vous expliquer ce terrible myſtère:
De Thermodate, hélas! c'eſt le malheureux frère,
Et redoutant en vous un vainqueur, un rival,
On le cache à vos yeux ſous un nom moins fatal.

Mais vos mains jusques-là ne sont point parricides ;
Ce Prince, est en effet, du sang des Arsacides ;
C'est un des Thermodate ; & je ne pense pas,
En prononçant son nom, prononcer son trépas.

TIGRANE.

Ah ! Prince, ai-je bien pu vous faire cette offense ?
(*A Barsénice.*)
Et pourquoi si long-temps gardiez-vous le silence ?
Vouliez-vous donc me rendre encor plus odieux,
En me laissant verser un sang si précieux,
Un sang qui vous est cher ? Ah ! loin de le répandre,
Contre vos ennemis, je songe à le défendre.
J'accepte le traité qu'on vient me proposer ;
De ma main, seulement, laissez moi disposer.
Je remets l'Arménie à ce généreux frère,
Ce Trône, où près de lui, peut monter votre mère ;
Et vous, libre & régnant sur le Parthe & sur moi,
A l'un de vos sujets, accordez votre foi.
Quelque espoir m'est permis ; mais un ami de Rome
N'ôse en entretenir la veuve d'un grand homme ;
Il me faut, avant tout, effacer cet affront
Que ma Couronne même imprime sur mon front.
De ces lieux cependant, Soldats, qu'on se retire ;
Vous n'êtes plus, Madame, au pouvoir de Glaphire ;
Ma Garde de vos jours me répond désormais ;
Du traité, dans ce Temple, attendez les effets ;
Le repos calmera votre âme trop émue.

BARSÉNICE.

Seigneur, auprès de vous mon trouble diminue ;
Pourquoi vouloir si-tôt m'éloigner de vos yeux ?
Lorsque ma haine injuste éclatoit en ces lieux,

Ne pouvant vous laſſer d'y jouir de ma vue,
Vous-même, avec tranſport, vous m'avez retenue:
Et lorſque Barſénice, oubliant ſon courroux,
Ne vous y parle plus de la mort d'un époux;
Qu'elle vous y tient même un diſcours tout contraire,
Me faites-vous, Seigneur, un crime de m'y plaire?

TIGRANE.

Ah! qu'eſt-ce que j'entends? Se peut-il qu'à vos yeux
Ce traité m'ait déja rendu moins odieux?
Mais, Madame, faut-il que ma joie imprudente
Vous oublie en des lieux que Glaphire fréquente?
Ce moment eſt terrible, & je vais lui porter
Le coup le plus affreux qu'elle ait à redouter.
Oui, Madame, habitez cette enceinte ſacrée,
Dont ma Garde à Glaphire interdira l'entrée;
Et vous, Prince, l'eſpoir, l'appui de mes projets,
Partagez avec moi ma Garde & mon Palais:
Je réponds d'un Héros de votre ſang, Madame.

THERMODATE.

Prouve par d'autres ſoins la grandeur de ton âme;
Et ſonge que, pour moi, rien n'eſt plus odieux
Qu'un Palais où, par-tout, Rome s'offre à mes yeux.

SCÈNE

SCÈNE IV.

TIGRANE, BARSÉNICE, ISMÈNE.

TIGRANE.

Il n'aura pas long-temps ce reproche à me faire ;
Et je ne ſçaurois trop me hâter de vous plaire.
Si ce Prince pourtant, après un tel éclat.....
Un Roi de votre ſang ne peut être un ingrat ;
Ne vous allarmez point, mes mains vont vous le rendre ;
Il n'eſt rien que de moi vous ne deviez attendre,
Pour vous contraindre ; enfin, à ne me plus haïr.

BARSÉNICE.

Ah ! juſques-là, mon cœur ne ſçauroit ſe trahir.
Non, je ne vous hais plus, & je ne puis le taire ;
Après l'heureux traité que vous venez de faire,
Et que vous ſcellerez par l'exil des Romains,
Non, Seigneur, mon époux n'eſt point mort par vos mains :
Vous le protégeriez, vous l'aimeriez, peut-être ;
Il penſoit comme vous, il eût régné ſans maître :
Et, loin que ſon vainqueur me paroiſſe odieux,
Seigneur, c'eſt déſormais un Héros à mes yeux.

SCÈNE V.

TIGRANE, ISMANE.

TIGRANE.

Me trompé-je ! eſt-ce à moi que ce diſcours s'adreſſe ?
Croirai-je que ſon cœur réponde à ma tendreſſe ?
Si ma ſeule alliance a produit tant d'effets ;
Si, ne faiſant encor qu'accepter ſes bienfaits,
J'ai pu, malgré les pleurs que je lui fais répandre,
Exciter dans ſon âme un ſentiment ſi tendre ;
Quel ſera donc enfin le trouble de ſon cœur,
Si de ſes ennemis je ſuis jamais vainqueur !
Elle m'aimeroit donc autant que je l'adore.

SCÈNE VI.

TIGRANE, GLAPHIRE, ISMANE.

GLAPHIRE.

Quel eſt donc l'intérêt qui vous agite encore ?
Mais ſi j'explique bien l'état où je vous voi,
Ce n'eſt plus un état de contrainte ou d'effroi ;
Vos yeux ne brillent plus d'une ardeur ſanguinaire ;
C'eſt l'effet de la paix que vous venez de faire.

Le Conſul par ma bouche ôſe vous demander
A quel prix vos Captifs daignent vous l'accorder ?

TIGRANE.

Mais à tel prix qu'enfin il me verra peut-être
Réprimer ſon audace, & régner ſans un Maître.

GLAPHIRE.

Quels étranges diſcours vous tenez aujourd'hui !
Quoi ! du Peuple Romain dédaignez-vous l'appui ?
Et quel eſt donc ici le Maître qui vous brave ?
Un Allié de Rome en eſt-il donc l'eſclave ?

TIGRANE.

Il n'en a point le nom ; mais il l'eſt en effet.

GLAPHIRE.

Nul n'en reçut des loix, & tous quelque bienfait.
Elle ſçait reſpecter les droits du diadême,
Et ce pouvoir ſacré qu'elle exerce elle-même.

TIGRANE.

Mon Père en devoit donc éprouver les vertus.

GLAPHIRE.

Il a ſubi le ſort des Rois qu'elle a vaincus.

TIGRANE.

Elle lui ravit tout, & le jour & l'Empire.

GLAPHIRE.

Elle épargna le Fils qu'elle pouvoit proſcrire :
Elle a mis par mes mains un bandeau ſur ſon front.

TIGRANE.

Ce funeſte préſent n'eſt qu'un nouvel affront ;

Je rougis d'en tenir des meurtriers d'un Père.

GLAPHIRE.

Sa mémoire jadis vous étoit donc moins chère?

TIGRANE.

Jeune & facile encor, peut-être ambitieux,
Sur l'éclat des grandeurs j'ouvris trop tôt les yeux.

GLAPHIRE.

Vous gardez toutes fois le Sceptre d'Arménie.

TIGRANE.

Rome encor me retient le Sceptre de Médie;
Ils sont miens l'un & l'autre, & j'en ai pour garant
Les droits de ma naissance & ceux d'un Conquérant.

GLAPHIRE.

Ainsi vous ne régnez qu'à titre de conquête,
Et Rome a d'un bandeau dépouillé votre tête:
Vous affectez déja, plein d'un nouvel espoir,
La haine du Rival que vous venez de voir;
Et s'il en faut juger par les honneurs suprêmes
Que lui rend votre Cour & vos Gardes eux-mêmes,
Je ne saurois douter que cet Ambassadeur
Ne vous ait, contre Rome, inspiré tant d'horreur.
Et l'ordre inattendu qui des mains de ma Garde
Arrache des Captifs dont le soin me regarde,
Seigneur, tout me fournit de trop justes raisons
D'en croire mes terreurs & mes premiers soupçons:

(*Elle fixe Tigrane un moment, & prononce ensuite ce premier hémistiche avec feu.*)

Vous trahissez Glaphire..... Elle vous le pardonne:

Moins que vous ne pensez, j'envie une Couronne,
Et vous montrez un cœur si peu digne de moi,
Que je crois ne rien perdre, en perdant votre foi.
Mais ce que je ne puis vous pardonner encore,
Rome dont l'amitié vous sert & vous honore....
Vous trahissez aussi ses intérêts sacrés.
Vous rompez des Traités que vous avez jurés....
Ah! loin de regretter un cœur comme le vôtre,
Je brûle de nous voir séparés l'un de l'autre.
Je rends grace aux Romains qui sçurent différer
L'hymen que dans leurs murs vous vouliez célébrer.
Fille d'un Souverain, Citoyenne Romaine,
Je rougirois des noms & d'Épouse & de Reine,
S'il me falloit, en proie à des chagrins secrets,
Partager votre honte & souffrir vos forfaits.

TIGRANE.

Vous cherchez des forfaits, afin de vous en plaindre;
Et quand il seroit vrai que, las de me contraindre,
Je secoûrois un joug que j'ai long-temps porté;
Quand même je romprois un indigne Traité,
Est-il donc éternel, & ne puis-je, sans crime,
Abjurer un serment dont mon peuple est victime,
Et dont tout l'Orient, indigné contre moi,
Vient, la flâme à la main, me reprocher la foi?
Ai-je donc pu jurer que d'éternelles guerres
Des Citoyens des champs dévasteroient les terres?
Et dois-je moins enfin à mes propres Sujets,
Qu'au peuple dont les Camps dévorent leurs guerets?
Quand je romprois encor, pour le bien d'un Empire,
Le serment qui me lie au destin de Glaphire,
Contraint par mes devoirs, par la nécessité....

GLAPHIRE, *l'interrompant brusquement.*

C'est trop justifier votre infidélité.
Tigrane, la raison m'en semble légitime,
Et j'ai peu d'intérêt à vous en faire un crime.
Je me suis trop livrée à de premiers transports ;
Vous pouvez, en effet, m'immoler sans remords
Au bonheur des Sujets dont vous êtes le père.
Je tremble seulement que Varus, plus sévere,
N'entende moins que moi de si fortes raisons,
Et n'en mette l'effet au rang des trahisons.

TIGRANE.

Je me charge du soin de les lui faire entendre.

GLAPHIRE.

Mon cœur, sur vos desseins, ne peut plus se méprendre ;
Vous vous liez au Parthe.... Et le nœud qui vous joint....
Je ne veux pas encor m'expliquer sur ce point.
Vous vous liez au Parthe, & cela seul me touche.
Ne craignez plus pourtant un seul mot de ma bouche ;
Vous avez vos raisons pour en agir ainsi :
Pour agir autrement, j'ai les miennes aussi ;
Je demeure fidele aux amis de mon Père,
Et, pour vous avouer combien Rome m'est chère,
L'éclat que sur les Rois répand son amitié,
De mon amour pour vous m'inspira la moitié.

TIGRANE, *prenant le ton de l'ironie.*

Je dois donc pour ma gloire en redouter la haine.
Les Romains, plus que vous, n'ont point l'ame Romaine.
Ces sentimens si hauts que vous avez pour eux,
Sont dignes, en effet, du sang de vos ayeux ;

Ils ne comptoient pour rien le Trône, la Victoire,
Si Rome n'y mêloit un rayon de sa gloire :
Vous avez reçu d'eux ce mépris pour les Rois
Qui d'un Peuple insolent foulent aux pieds les loix ;
Et vous eûtes encor, dès l'enfance premiere,
Les leçons du Sénat & l'exemple d'un Père.
Cédez à des penchans si nobles à vos yeux ;
Dédaignez tous ces Rois Maîtres du Sceptre & d'eux ;
Respectez seulement leurs meurtriers augustes ;
Portez pour les Romains des sentimens si justes,
Jusques à n'encenser dans leurs fiers favoris,
Que l'empreinte des fers dont ils les ont flétris.
Pour moi qui, de vos Dieux éleve involontaire,
Ne puis porter un joug peut-être salutaire,
Et dont le Pere même, ennemi des Romains,
Vit avec désespoir l'enfance entre leurs mains,
Je n'ai pu concevoir, digne Fils d'un tel homme,
Ce mépris pour les Rois, ni ce respect pour Rome.

GLAPHIRE.

Eh bien ! alliez-vous avec vos ennemis,
Tombez aux pieds des Rois que vous avez soumis ;
N'affectez qu'avec moi cette fierté nouvelle
Qui fait des loix à Rome, & n'en reçoit point d'elle :
Brisez sur tout le nœud qui vous attache à moi,
Vous êtes, en effet, maître de votre foi.
Les sermens, les bienfaits, il n'est rien qu'on ne brave,
Et vous ne régnez pas pour en être l'esclave.

SCÈNE VII.

TIGRANE, ISMANE.

TIGRANE.

Ces tranquiles dehors ne sauroient me tromper,
J'ai trop vu les dépits qu'elle laisse échapper....
Elle a des droits au Trône : on pleure encor son pere,
A mon peuple, elle-même a sçu se rendre chere....
(*Aux Gardes.*)
Qu'elle ne sorte plus des murs de ce Palais.
Cependant proscrivons un Consul que je hais ;
Et qu'aux pieds des Autels, la Princesse que j'aime
Ceigne aujourd'hui mon front d'un nouveau diadême.

Fin du quatrième Acte.

ACTE V.

SCÈNE PREMIERE.

VOLGÉSIE, THERMODATE, NARSÈS, ARBATE.

VOLGÉSIE.

Oui, c'eſt le ſeul moyen que nous pouvions tenter ;
Un Empire ſi grand a de quoi le flatter.
Ne m'ouvrez pas les yeux ſur ce moyen étrange ;
Je ſens ſous quelles loix un tel hymen me range ;
Sur-tout couvrez l'abîme où le ſort me conduit :
Mon ſacrifice eſt fait ; laiſſez m'en voir le fruit.
Je ſauverai l'honneur d'une auguſte famille ;
J'aimerai le Tyran qui me rendra ma Fille.
Achevez, ô mon Fils ! d'affermir un Traité
Qui lui rend un Époux avec la liberté.

THERMODATE.

Eh ! comment nous promettre un effet ſalutaire
D'un Traité dont il peut découvrir le myſtere ?
Avant que nos yeux même euſſent lu dans ſon cœur,

Peut-être avons-nous dû lui laisser son erreur :
Mais puisqu'à notre gré, prêt à détester Rome,
Il prend l'orgueil des Rois & le cœur d'un grand-homme,
Je ne veux point, Madame, en surprenant sa foi,
Lui fournir des raisons de se plaindre de moi ;
Et j'aurois à rougir, si quelque stratagême
Eût sauvé votre Gendre & mon Épouse même.

VOLGÉSIE.

O trop digne Arsacide ! ô Prince généreux !
Je n'ôsois prendre encor ce parti dangereux :
Mais puisqu'en notre appui mettant sa confiance,
Tigrane veut du Parthe embrasser l'alliance,
Allez, malgré ma Fille, & malgré ma terreur,
S'il le faut, ô mon Fils ! éclairer son erreur :
Pour éteindre à jamais son ardeur déplorable,
Peut-être suffit-il qu'il la juge coupable ;
S'il aime Barsénice, il n'est pas sans vertus :
Il se livre à des feux que rien n'a combattus ;
Il croit que dès long-temps, ma Fille qu'il adore,
Est libre du serment qui vous unit encore.
Allez, cher Prince, allez apprendre à son amour,
Que mon Fils qu'il croit mort, n'a point perdu le jour.
Adieu, ménagez bien un intérêt si tendre,
Sauvez & votre Mere, & ma Fille & mon Gendre.
Je reviendrai moi-même au Vainqueur inhumain
Confirmer vos Traités & présenter ma main ;
Et cependant, malgré de trop longues fatigues,
Je vais de cette Cour éclairer les intrigues,
Et tourner à nos fins, avec leurs différends,
Les foiblesses du Prince & la faveur des Grands.

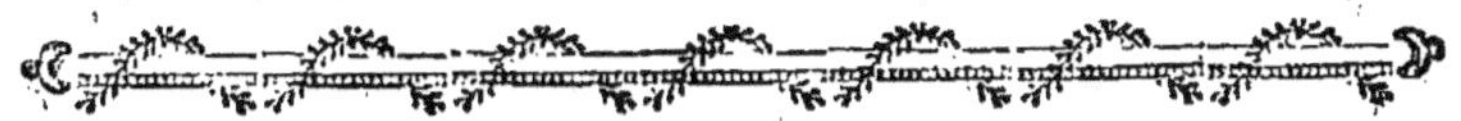

SCÈNE II.

THERMODATE, *ſortant par le côté oppoſé à celui que prend Volgéſie, & revenant ſur la Scène à la voix de Glaphire;* GLAPHIRE, *Suite.*

GLAPHIRE.

THERMODATE, écoutez ; ſur-tout que votre audace
N'acheve point enfin d'encourir ma diſgrace.
Vous avez des vertus que je ſçais eſtimer ;
Mais ne me forcez pas, Prince, à les opprimer.

THERMODATE.

Songez ; car je ſçais peu m'abaiſſer juſqu'à feindre,
Moins à les eſtimer, Madame, qu'à les craindre.

GLAPHIRE.

C'eſt vous vanter qu'enfin vous triomphez du Roi.
Oui, je ſçai que l'ingrat m'ôſe manquer de foi ;
Il en inſtruit Varus, & ſon impatience
Vante, en le proſcrivant, ſa nouvelle alliance.
Voilà ce que je ſçais ; mais je ne ſçavois pas
Qu'on pût s'enorgueillir de ſi noirs attentats,
Et qu'un Prince d'un ſang ſi jaloux de ſa gloire,
Affectât à ce point d'en perdre la mémoire.
De la ſimple équité méconnoiſſant les loix,
Vous mettrez ce ſuccès au rang de vos exploits.

Quelle erreur! Ce Traité qui vous perdra peut-être,
Est-il digne de vous? Qu'allez-vous faire? Un traître,
Qui, contre les Romains soulevant leurs bienfaits,
Ne devient votre ami qu'à force de forfaits,
Et dont la main bientôt, aux meurtres enhardie,
Va sur vous-même ici punir sa perfidie;
C'est à vous qu'imputant sa folle trahison,
Vous le verrez bientôt en demander raison,
A moins que Volgésie, humblement libérale,
Au don de ses États n'ajoûte ma Rivale;
Cette Reine, à ce prix, sur sa foi peut compter,
Et ce présent nouveau doit bien peu lui coûter.
Qui peut offrir sa main & céder son Empire......
Prince, vous pâlissez; mais j'ôserai vous dire,
Qu'en achetant si cher l'alliance d'un Roi
Nommé par les Romains, dont il trahit la foi,
C'est leur montrer qu'enfin le Parthe qui les brave,
N'est de leur protégé que le timide esclave.
La Reine d'Orient, d'un Peuple si vanté,
De sa Fille, à ce prix, mettroit la liberté!
Elle craint, je le sens, de voir un Arsacide
Embellir d'un Consul le triomphe homicide:
Eh bien! pour l'en sauver faut-il mettre en ses mains
Un Empire long-temps la terreur des Romains?
Je sçais qu'en lui cédant un si puissant Empire,
Vous montez sur le Trône où l'éleva Glaphire;
Mais, sans lui prodiguer de si vastes États,
Ne pouvez-vous encor régner dans ces climats;
Et, tenant de nos mains la paix, le Diadême,
Lui rendre tous les maux qu'il vous fit à vous-même?

THERMODATE.

J'ignore encor le sort d'un si noble Traité;

Si votre amour pour Rome avoit moins éclaté,
J'aurois prêté l'oreille aux conseils d'une Reine;
Mais Thermodate est Parthe & Glaphire est Romaine.

GLAPHIRE.

Eh bien! portez ailleurs de si beaux sentimens;
Mais quand Tigrane & vous liés par des sermens,
Et bravant les complots du reste de la terre,
Vous croirez bien éteint le flambeau de la guerre,
Thermodate, craignez d'en être consumé;
Tremblez que tout-à-coup ce flambeau rallumé
Ne passe en une main si sagement choisie,
Que jusqu'aux bords de l'Inde il n'embrâse l'Asie.
Cette main, la voici, je ne vous cele rien,
Et j'ai cent-mille bras pour seconder le mien.
Ah! convenez-en, Prince; il en faut moins peut-être,
Pour combattre un parjure, & l'Allié d'un Traître.
Vous n'en rougissez point; vous croyez tout permis,
Pour donner aux Romains de nouveaux ennemis.
Quelle est donc Rome enfin que ton pays abhorre?
Prête l'oreille aux cris du monde qui l'adore.
Ne vous en fiez pas au bruit de l'Univers;
Interrogez les Rois qui porterent ses fers,
Et ceux qu'ont reconnus & l'Europe & l'Asie,
Et ceux qu'ont adorés l'Égypte & la Lybie;
Tous, malgré leur audace, ou malgré leurs forfaits,
Trop souvent de nos mains ont reçu des bienfaits;
Et respectant un peuple & vertueux & libre,
Accouroient l'implorer jusques aux bords du Tibre.
Le Parthe même enfin, moins superbe autrefois,
Fatigué des Tyrans, obtint de nous des Rois.
Les voilà, ces Romains que votre jalousie
Met près de l'Inde au rang des monstres de l'Asie.

Ne nous reprochez plus de lui donner des fers,
Prince, nos bienfaits seuls ont soumis l'Univers.
A vous-même aujourd'hui notre bonté propice,
Des affronts qu'elle craint veut sauver Barsénice.
Vous achetez en vain sa liberté du Roi;
Son sort, le vôtre même, ici dépend de moi.
Je vais vous dire plus, & je le puis sans crainte:
A me venger de lui, Tigrane m'a contrainte;
Laissez-là vos Traités, secondez mon courroux,
Vous sauvez Barsénice, & le Trône est à vous.

THERMODATE.

Dieux! par combien de traits on cherche à me confondre!
Eh quoi! l'on vante Rome, & je ne puis répondre!
Quel sentiment nouveau s'éleve donc en moi?
Ne la hais-je donc plus autant que je le doi?

GLAPHIRE.

Tu lui dois de l'amour, & ta haine pour elle
Va te couvrir enfin d'une honte éternelle.
Quand de mille bienfaits Rome veut te combler,
Tu regrettes ta haine & l'ôses rappeler.

THERMODATE.

Ah! cessez d'éblouir un Prince encor sauvage.
Rome paroît en vous avec trop d'avantage;
J'ignore l'art funeste où vous avez recours.

GLAPHIRE.

Attendez que l'effet confirme mes discours;
J'y consens: mais craignez que cette défiance
Ne donne au Roi le tems de fuir votre alliance,

Et, pour calmer enfin mon trop juſte courroux,
De revenir ici tomber à mes genoux.
Je ſuis femme, & je peux lui pardonner encore;
Songez-y, ſaiſiſſez l'inſtant où je l'abhorre.

SCÈNE III.

THERMODATE, *ſeul.*

DANS quelle incertitude elle a ſçu me jeter!
Contre lequel combattre? Avec lequel traiter?
Quelle eſt l'heureuſe main qui peut ſauver la Reine?
O Ciel! Glaphire veut que je ſerve ſa haine,
Et Tigrane m'invite à ſervir ſon amour!
Lequel dois-je accabler ou ſervir en ce jour?
Mais tentons le moyen que Volgéſie approuve;
C'eſt le ſeul généreux; il faut que je l'éprouve:
Sortons aux yeux du Roi de la nuit du tombeau.
Si pourtant, de ſes yeux arrachant le bandeau,
Je vais le détromper d'une erreur agréable....
L'amour au déſeſpoir n'eſt que trop redoutable.
Qui faut-il immoler en ce moment fatal,
Ou mon Rival à Rome, ou Rome à mon Rival?
Quels périls!

SCENE IV.

TIGRANE, BARSÉNICE, THERMODATE.

TIGRANE.

Partagez la commune allégresse,
Prince ; avec quels transports j'ai rempli ma promesse !
Il n'est plus de Romains que Glaphire en ces lieux ;
Leur haine m'a rendu digne de vos ayeux,
Et sans cesse je sens que la mienne s'irrite.
(*A Barsénice.*)
Mais quel autre intérêt, Madame, vous agite ?
(*A Thermodate.*)
Vous-même, en quel état est-ce que je vous voi !
Quoi ! Prince, n'ôsez-vous vous en fier à moi ?

THERMODATE.

Jamais les malheureux ne sont sans défiance.

TIGRANE, *prenant la main de Barsénice.*

Pourvu que cette main scelle notre alliance,
Ah ! comptez sur les nœuds qui vont m'unir à vous.
O Reine, & qu'auriez-vous à craindre d'un époux ?

THERMODATE.

D'un époux !

TIGRANE.

Quoi ! toujours votre ardeur obstinée

Traverse

Traverse les projets d'un heureux hymenée !
(A Barsénice.)
Et vous, vous que j'ai vu, quand ce Prince moins vain,
Sous l'humble nom d'Orban, vous présentoit sa main ;
Vous que j'ai vu pleurante, à mes pieds prosternée,
Implorer mon appui contre un tel hyménée,
Dès que perdant un nom qui blessoit votre orgueil,
Il prend celui du Roi dont vous portez le deuil,
N'auriez-vous déja plus, ardente à tout enfreindre,
(Montrant Thermodate, qu'il croit être Orban.)
Votre Époux à pleurer, & son amour à craindre ?
Ainsi ces pleurs qu'on doit aux cendres d'un Époux,
Ne s'opposent qu'aux feux dont je brûle pour vous !

THERMODATE.

J'excuse ton erreur, & Tigrane est trop juste
Pour ne point respecter le nœud le plus auguste ;
Avant de la presser de répondre à tes feux,
Connois mieux le Rival qui traverse tes vœux.

TIGRANE.

Quel est-il ?

THERMODATE.

Thermodate, époux de Barsénice.

TIGRANE.

Toi, son époux ! grands Dieux ! quel indigne artifice !
Lorsque dans la mêlée, au pied de vos autels,
Cette main l'a percé de mille coups mortels ;
Que des honneurs d'un Chef, que du rang des Monarques,
Et sa main & son front portoient encor les marques ;
Que les cris de son Peuple & les pleurs de sa Cour

M'annonçoient quel Guerrier j'avois privé du jour;
Perfide, ôſes-tu bien? ...

THERMODATE.

Que n'étoit-ce moi-même !
Mon Épouſe, attentive à mon péril extrême,
Arrache de mon front un bandeau dangereux,
Et mon Frere.... Des pleurs s'échappent de mes yeux.
De l'amour fraternel, ô mémorable marque !
Exemple de l'amour qu'on doit à ſon Monarque !
Mon Frere, pour tromper les regards des Romains....
Il prit mes ornemens, & périt par tes mains.

TIGRANE.

Ciel ! & vous me laiſſiez une erreur ſi funeſte !
J'ai triomphé de tout, & mon Rival me reſte.
Ce n'étoit que ſon Frere ! Eſt-ce enfin votre Époux ?

BARSÉNICE.

C'eſt lui-même, & ce voile eſt de trop entre nous.
De Thermodate, hélas ! n'eſt-ce donc pas le Frere ?
Que peut me reprocher votre injuſte colere ?
Le devois-je moi-même, imprudente, ou ſans foi,
Livrer à des périls qu'il a courus pour moi ?

TIGRANE.

Perfide, avec quel art vous m'avez ſçu ſéduire !
Juſqu'où vous a porté le deſir de me nuire !
Vous voulez que, ſemblable aux Rois dont vous ſortez,
J'abhorre les Romains, qu'ils ont tous déteſtés;
Et quand de ce forfait dont vous êtes la cauſe,
Je demande le prix que mon cœur ſe propoſe,
Un obſtacle éternel vient ſe mettre entre nous;
Je vous vois ranimer la cendre d'un Époux !

Perfide, qui tantôt, flattant mon eſpérance....

BARSÉNICE.

Ceſſez de m'accuſer de feinte, ou d'inconſtance;
Je pleurois mon Époux, dont j'ignorois le ſort,
Inſtruite ici par vous, je déplorai ſa mort.
Bientôt je le retrouve : hélas ! qu'il vous ſouvienne,
Quelle fut ſa douleur, & quelle fut la mienne,
Quand ma bouche, offenſant l'Époux que j'adorois,
Prononça devant lui ſa mort que je pleurois !
Ah ! de vous bien plutôt j'ai moi-même à me plaindre !
A trahir mes ſermens, vous voulez me contraindre :
Ah ! rendez moi l'eſpoir de mes vœux les plus doux.

TIGRANE.

Il eſt mon priſonnier, il n'eſt point votre Époux :
Vous n'êtes point encore unis par l'hyménée;
C'eſt à moi que le Ciel vous avoit deſtinée.
Et vous le demandez ; &, pour comble d'horreur,
Vous montrez un amour qui me perce le cœur !
Vous voulez qu'en vos mains je le livre moi-même ;
Vous l'aimez encor plus depuis que je vous aime ;
Vous m'en haïſſez plus : ah ! je veux mériter
La haine que pour moi vous ôſez affecter.
Choiſiſſez de ſa mort ou de mon hyménée.

BARSÉNICE.

Seigneur !

TIGRANE.

Toi-même fais ta propre deſtinée ;
Tu peux ſeul l'enhardir à révoquer ſes vœux ;
Hâte-toi d'en donner l'exemple généreux :
Renonce aux tiens, ou meurs ; choiſis enfin, prononce....

Quoi ! ton farouche orgueil me laiſſe ſans réponſe !
D'où te vient avec moi cette vaine fierté ?
Seroit-ce de ta gloire ou de ta liberté ?
Quel fut, quel eſt encor le Rival qui me brave ?

THERMODATE.

L'ennemi des Romains, dont tu n'es que l'eſclave.

TIGRANE.

Songes-tu que ton ſort dépend ici de moi ?

THERMODATE.

Songes-tu qu'une armée apporte ici l'effroi,
Et que dans l'inſtant même où tu veux que je tremble,
On voit du haut des tours Orban qui la raſſemble ?
Frappe, irrite des miens le juſte déſeſpoir,
Tu vas tomber du coup que je vais recevoir.

TIGRANE.

As-tu donc oublié que je ſçais m'en défendre ?
Mais c'eſt trop écouter & trop long-tems attendre.
(*A Barſénice.*)
Doit-il vivre ou mourir ? Parlez, quel eſt ſon ſort ?
Qu'avez-vous réſolu ? qu'ordonnez-vous ?

BARSÉNICE.

Ta mort.

Oui, puiſque ta fureur veut me traîner au Temple,
De ſa juſtice, en toi, le Ciel doit un exemple :
Viens au pied des autels que tu veux profaner,
Recevoir le trépas que tu veux lui donner.
Tes Dieux vont foudroyer, s'il en eſt qui ſoient juſtes,
La main qui de l'hymen briſe les nœuds auguſtes;
Ou de leurs droits ſacrés plus terrible ſoutien,

Moi-même je ferai leur devoir & le mien,
Et du fer dont le Prêtre égorge la victime.....

TIGRANE.

Eh bien ! que ces momens ſoient conſacrés au crime ;
Qu'avec ce fer ſacré, que j'ai pris dans vos mains,
Je verſe un ſang ſi cher à vos yeux inhumains ;
Et juſqu'en votre cœur, pour en bannir la haine....,
(Barſénice ſe préſente au coup dont Tigrane la menace.)
Ingrate ! qu'un Vainqueur traitoit en Souveraine,
Vous aſpirez, malgré des traitemens ſi doux,
A poignarder un cœur qui ſoupire pour vous !
Vous ôſez me le dire encor, ſans vous contraindre !
Avec moi ſeulement, vous ne daignez plus feindre !
Mais vous aimez ce Parthe, & je puis l'accabler,
Et je vous aimerai pour vous faire trembler,
Pour répandre le ſang d'un Rival que l'on aime ;
Et peut-être ma main dans ma fureur extrême,
Ira dans votre cœur & barbare & ſans foi,
Étouffer des ſoupirs qui ne ſont pas pour moi.

SCENE V.

TIGRANE, *Suite de Tigrane*, THERMODATE, BARSÉNICE, VOLGESIE, NARSÈS, ARBATE.

VOLGÉSIE.

Ah! plutôt dans le mien plonge ta main cruelle.
Voilà donc tout l'amour que tu ressens pour elle!
C'est donc peu sous ses yeux d'immoler son Époux,
Tu veux dans son sang même éteindre ton courroux!
Eh! bien, assouvis donc ta fureur sanguinaire;
Viens, viens les immoler sur le sein de leur mere;
Frappe du même coup, sans égard à ta foi,
Et le Gendre & la Fille, & la Veuve d'un Roi.
Hélas! de leur bonheur & de leur hyménée
Je croyois voir enfin la premiere journée,
Et je ne viens ici qu'afin de voir verser
Le sang de mes enfants, que je viens embrasser!
A ce cruel excès, je n'ai pas dû m'attendre:
Est-ce donc là l'effet des offres de mon Gendre?
Et d'où vous peut venir ce courroux inhumain,
Dans le tems qu'il vous offre & mon Sceptre & ma main?
De Vologese, hélas! voilà le Diadême,
Son Sceptre, son Épée & sa Veuve elle-même;
Et l'Empire fameux, que je mets dans vos mains,
Fait la loi dans l'Asie & l'impose aux Romains.

TIGRANE.

Reine de l'Orient, auguste Volgésie,
Vous voyez le respect dont mon ame est saisie;
Mon cœur n'est plus à moi; mais c'est à vos genoux,
Que je veux obtenir votre Fille de vous.
Grande Reine, écoutez un Amant aussi tendre;
J'ai sauvé votre Fille, & je vais la défendre:
Le Consul, que rappelle un ordre du Sénat,
Veut que de son triomphe elle augment l'éclat.
De ce sanglant affront mes mains l'ont défendue;
Je l'ai sauvée enfin, Madame; elle m'est dûe.

THERMODATE.

Elle t'est dûe! Eh! bien, si tes droits sont sacrés,
Pourquoi jusqu'aux forfaits descendre par dégrés?
Elle t'est dûe! ô Ciel! De quel droit, à quel titre?
D'un si cher différend sois un plus juste arbitre:
Mais affecte du moins, pour séduire sa foi,
Si ce n'est les vertus, le langage d'un Roi.
Quel est donc le discours que nous venons d'entendre?
Est-ce ainsi qu'à sa main il te sied de prétendre?
Oses-tu bien te faire un titre de l'appui
Que ton bras trop heureux lui prêtoit aujourd'hui?
Tigrane, veux-tu donc, protecteur mercénaire,
Mettre à prix des bienfaits que tu dois à ton Frere?
Ah! crois-moi, tu n'as rien que les droits odieux
Que se font, à leur gré, des Vainqueurs furieux.
De ses premiers soupirs as-tu vu l'innocence,
Au pied de nos Autels, t'en jurer la constance?
Sa Mere infortunée a-t-elle dans tes bras
Placé tant de vertus que tu ne connois pas?

Ah ! Tigrane, eſt-ce toi que ſon auguſte Pere
Déſigna ſon Epoux, en fermant la paupiere ?
Barbare ! Et quelle main veux-tu lui préſenter ?
Une main, dans mon flanc, prête à s'enſanglanter ;
Une main qu'elle a vu, teinte de ſon ſang même,
Lui ravir un Époux avec un Diadême ;
Qui briſe des liens conſacrés par les Dieux ;
Qui n'offre que le fer, ou la foudre à ſes yeux ;
Fumante encor du ſang de mon généreux Frere,
Et prête d'attenter juſqu'aux jours de ſa Mere !

TIGRANE.

Rends graces au reſpect dont m'impoſent la loi,
Et la Veuve & la Fille & le Neveu d'un Roi :
Mais ce reſpect qui plaît encore à ma clémence,
Touche bientôt au terme où mon courroux commence.

VOLGÉSIE.

Nous n'en avons déja que trop vu les excès.
Eſt-ce aux Rois de donner l'exemple des forfaits ?
N'apportez-vous ici que les vices de Rome ?

TIGRANE.

Cet effort eſt des Dieux, & je ne ſuis qu'un homme,
Madame ; &, rejettant ces frivoles diſcours,
J'ôſe vous avertir d'en terminer le cours.
Je ne vous ferai plus une vaine priere,
Et c'eſt-là mon Épouſe, ou c'eſt ma priſonniere.

BARSÉNICE.

Elle eſt ta priſonniere.

VOLGÉSIE.

Ah ! Vainqueur inhumain !
J'ai voulu m'abaiſſer à recevoir ta main ;
(*En montrant ſes enfans.*)
Leur danger trop preſſant m'a tout fait entreprendre :
Mais à de tels moyens je ceſſe de deſcendre.
Il m'en reſte un plus ſûr & moins honteux pour moi,
Que de donner au Parthe un Maître tel que toi.
(*Elle ſort.*)

TIGRANE, *à Volgéſie qui ſe retire.*

Madame, vengez-vous, je vous fais un outrage.
(*A Barſénice.*)
Mais vous à qui j'immole un ſi grand avantage ;
Vous pour qui je bravois, après mille dédains,
Et l'amour de Glaphire & l'appui des Romains,
Vous refuſez la main qui vous a défendue !
Vous jurez à ce Parthe une foi qui m'eſt dûe !
Votre haine, à mes yeux, croît avec votre amour !
(*Regardant Barſénice & montrant Thermodate.*)
Que ſous les ſiens, Iſmane, il rentre dans la Tour.
A de nouveaux excès craignez de me contraindre.

BARSÉNICE.

Va, nous ne ſçavons plus t'implorer, ni te craindre.

SCENE VI.

TIGRANE, GLAPHIRE, PHARBASE, *Suite.*

TIGRANE.

Glaphire vient..... Calmez votre juste courroux.
Et venez recevoir la main de votre Époux,
Aux yeux de Barsénice & dans ce moment même.

GLAPHIRE.

Modérez de vos feux l'impatience extrême;
Ne craignez plus, Seigneur, après ce que je voi,
Que j'ignore à quel point votre cœur est à moi.
Je l'avoûrai, Tigrane, (on a pu vous le dire).
A regret, dans vos mains, je voyois mon Empire.
C'est, disois-je, un ingrat, un traître, un imposteur,
Tout ce que dit enfin une Amante en fureur:
Mais combien ma colere est constante & cruelle!
Lors même que mon cœur vous croyoit infidèle,
Je venois, s'il se peut, détourner vos regards
Sur les Parthes qu'Orban guide vers ces remparts.

TIGRANE.

Il marche vers ces murs!

GLAPHIRE.

On vient de m'en instruire:
Ce n'est pas tout encore, &, s'il faut vous le dire,

Seigneur, Varus lui-même, indigné contre vous,
(Que sçais-je ?) peut enfin seconder leur courroux.
Allez de vos erreurs réparer la licence :
Je vais mettre à profit le tems de votre absence ;
En ces murs, par mes vœux, hâter votre retour,
Et vous y préparer le prix de tant d'amour.

TIGRANE.

Madame, laissons-là notre propre querelle :
Par l'organe d'Orban, mon Rival les appelle ;
Il croit déja revoir les siens victorieux,
Pour l'affranchir des fers, pénétrer en ces lieux....
Elle conçoit déja l'espérance secrette
D'aller, entre ses bras, jouir de ma défaite.
Je les remets tous deux en vos augustes mains ;
Qu'ils ornent le triomphe & le char des Romains.
Au Consul irrité livrez ces deux victimes ;
Aidez à votre Époux à réparer ses crimes.
Moi, tandis qu'en ces lieux votre courroux vengeur
Va semer autour d'elle & la mort & l'horreur,
Je vais, en immolant les Parthes qu'elle implore,
De ce dernier appui la dépouiller encore ;
Et, sans la confier au courroux des Romains,
Peut-être dans son sang tremper ici mes mains.

SCENE VII.

GLAPHIRE, PHARBASE, *Suite.*

GLAPHIRE.

Où l'entraîne à mes yeux sa passion fatale ?
Eh ! venois-je donc voir triompher ma Rivale ?
Son courroux, sa vengeance & l'offre de sa foi,
Tout me parle d'un feu qu'il ne sent pas pour moi.
J'ai trop vu le dépit, l'effroi qui le ramene ;
Il préssent les malheurs où son amour l'entraîne.
Parjure envers le Parthe, infidele aux Romains,
Il ne peut plus tomber qu'en de funestes mains ;
Il ne lui reste plus, au sein de tant d'abîmes,
Que ses propres Soldats qu'ont révolté ses crimes ;
Et c'est ainsi qu'il ôse, incertain dans ses vœux,
M'offrir bien moins son cœur, qu'en exprimer les feux !
Mais l'ingrat pense-t-il que Glaphire, irritée,
Veuille encor d'une main qu'une autre a rebutée ?
Grands Dieux ! jusqu'à ce point ôse-t-il m'outrager ?
Qui l'eût dit ? Quand ma main couronne un étranger,
Que par mes soins & Rome & les deux Arménies
Sont pour ses intérêts à son gré réunies ;
Que du haut de ce Trône où l'éleva mon choix,
Je pouvois à mes pieds appeler tant de Rois ;
Que, loin d'orner mon front d'un double Diadême,
Mon amour sur sa tête attache le mien même ;
Qui m'eût dit que l'ingrat auroit pu balancer

A m'offrir une main faite pour m'encenser?
Malgré moi, je le sens, une ardeur vengeresse....
Non : mon cœur n'a déja que trop d'une foiblesse;
De trop grands intérêts m'occupent aujourd'hui,
Et c'est assez enfin m'abaisser jusqu'à lui.

SCÈNE VIII.

GLAPHIRE, PHARBASE.

PHARBASE.

La Reine d'Orient, éplorée, éperdue,
Madame, avec vous seule implore une entrevue;
Et veut à ses enfans dire un dernier adieu.

GLAPHIRE.

La Reine d'Orient!.... Qu'elle attende en ce lieu.

SCÈNE IX.

GLAPHIRE, *seule.*

Volgésie! Eh! quel est l'intérêt qui l'amene?
Quoi! la Reine du Parthe implore une Romaine!
L'opprobre de sa Fille, à ses yeux présenté,
Auroit-il de ses mœurs fléchi l'austérité?
Et sa haine pour nous voudroit-elle descendre,

Juſqu'à briguer l'appui que j'offrois à ſon Gendre ?
O Rome ! ſi c'eſt-là l'effet de ſon effroi ;
Si l'amour maternel l'entraîne auprès de moi,
Je remplis tes deſſeins ſur l'Aſie étonnée ;
Non que, de la vengeance eſclave infortunée,
Je cede à des tranſports que je ſçais réprimer ;
C'eſt pour toi ſeulement que mon bras va s'armer.
Je prétends aujourd'hui d'une vertu nouvelle,
Offrir à l'Univers un durable modele ;
Et des feux dont je ſens encor rougir mon front,
Forcer l'Amour lui-même à réparer l'affront.

Fin du cinquième Acte.

ACTE VI.

SCÈNE PREMIERE.

VOLGÉSIE, NARSÈS, ARBATE; *Suite.*

VOLGÉSIE.

DIEUX! quelle majesté de toute part empreinte,
Etale maintenant cette premiere enceinte.
Tantôt tous ces lambris, qu'on enrichit encor,
N'offroient point à mes yeux tant de pourpre & tant d'or.
Mais d'où vient de ces Chefs l'inquiette assemblée,
Qui, d'intérêts si grands, paroît être troublée?
J'ai reconnu de loin Glaphire & des Romains:
Hélas! de mes enfans ils réglent les destins.
Avançons. C'est ici qu'elle veut bien m'entendre.
Ah! puissé-je du moins ne pas long-tems l'attendre!
Je ne sçaurois trop tôt accomplir mon dessein.
De quel trait je m'apprête à vous percer le sein,
O ma Fille, ô mon Fils! Que l'affront d'une Mere
Prépare à votre cœur une douleur amere!
Chers enfans! que ne puis-je, en vous laissant le jour,
Pour moi, de votre cœur arracher votre amour!
Mais on vient; demeurez..

SCENE II.

VOLGÉSIE, GLAPHIRE, NARSÈS, ARBATE; *Suite.*

VOLGÉSIE.

Permettez qu'une Mere,
A vos genoux, Madame, expose sa misere;
Qu'elle y verse des pleurs. On vient de m'avertir
Que pour Rome ma Fille & mon Fils vont partir.
Pour sauver l'espoir seul de mon antique race,
Puis-je de vos bontés implorer une grace?
Vous connoissez mon nom, & vous sçavez, je crois,
Le rang qu'en Orient je tiens entre les Rois.
L'amour qu'ont tous pour moi les Peuples de l'Asie,
Fait encor trembler Rome au nom de Volgésie;
Et long-tems on a vu le Peuple & le Sénat
S'efforcer vainement d'en obscurcir l'éclat.
Le tems en est venu, Madame, & la victoire
Protège Rome seule, & la couvre de gloire;
Ses armes ont vaincu les généreux Soldats
Que mon Fils, vers ces bords, conduisit sur ses pas;
Et déja, s'il en faut croire la renommée,
Je dois bien peu compter sur ma nouvelle armée.
Par-tout Tigrane encor, plus heureux aujourd'hui,
Ou repousse le Parthe, ou triomphe de lui.
Il ne manque plus rien enfin à tant de gloire,
Que de traîner sa Reine à vos chars de victoire.

Je

Je viens vous la livrer, & je viens de vos mains
Recevoir mes enfans qu'attendent les Romains.
Permettez que, sauvant & mon Fils & ma Fille,
Je ressuscite en eux une auguste Famille,
Et qu'avant d'essuyer un éternel affront,
J'attache, de mes mains, mon bandeau sur leur front.

GLAPHIRE.

Votre douleur me touche; & ce grand sacrifice
Est bien digne d'un sang qui forma Barsénice.
Ce sont-là ses vertus. Que ne m'est-il permis
De sauver à mon gré de pareils ennemis?
Mais Rome, que je sers, demande une victime;
Je la livre à regret; & c'est peut-être un crime.
Du Peuple & du Sénat l'intérêt si sacré
De tout autre intérêt veut être séparé.
J'ai voulu réunir & le leur & le vôtre;
Et votre Fils & vous, vous régniez l'un & l'autre;
Votre Fils sur ces bords, & vous dans vos États.

VOLGÉSIE.

Les mœurs de nos ayeux ont pour nous trop d'appas,
Et l'horreur que pour Rome ils nous ont inspirée,
Une si juste horreur est trop invétérée.
Moi-même, à mes enfans, je n'ai jamais appris
A mendier un Sceptre, ou la vie à ce prix.
Vous le disiez, ils ont les vertus de leur Mere;
J'ai porté dans leur cœur ma haine héréditaire;
Et je ne veux de vous que je viens implorer,
Je ne veux que des fers qui puissent m'honorer.
La mere ou les enfans; quelle est votre victime?

GLAPHIRE.

Suivez de votre cœur le penchant magnanime;

Mais songez-y, les Rois que nous livre le sort,
Ont à craindre à la fois le triomphe & la mort.

VOLGÉSIE.

Après un tel affront, la mort me sera chere.

GLAPHIRE.

Que n'en puis-je affranchir les Enfans & la Mere!

(*Les Gardes s'avancent.*)

Gardes..... Que mes Captifs soient conduits en ces lieux ;

(*A Pharbase.*)

Vous, demeurez, veillez sur leur Mere & sur eux.

(*A Volgésie.*)

J'accorde à votre amour tout ce qu'il me demande :
La gloire des Romains, la mienne le commande ;
Mais, lorsque pour sauver des Princes aussi chers,
Vous implorez Glaphire & demandez des fers,
Je dois veiller au prix que votre ame en souhaite :
Je veux que Rome même assûre leur retraite.

(*A Pharbase, en se retirant.*)

Qu'après cette entrevûe, ils passent chez Varus.

SCENE III.

VOLGÉSIE, NARSÈS, ARBATE, PHARBASE; *Suite.*

VOLGÉSIE.

Je vais donc les revoir, pour ne les revoir plus!
Mânes de mon Époux, & vous ombre d'Arſace;
Vous, l'exemple & l'honneur de votre auguſte race;
Veillez bien ſur les jours de vos derniers neveux,
Donnez-leur des enfans dignes de vous & d'eux;
Et, ſi loin de leurs yeux je puis leur être chere,
Qu'ils ſongent quelquefois aux vertus de leur Mere.

(*A Narsès.*)

Qu'on apporte en ces lieux ces ornemens ſi ſaints,
Que leur Pere expirant a tranſmis dans mes mains.....

(*Narsès ſort.*)

Dieux! Comment leur céler la raiſon qui m'engage
A mettre dans les leurs cet antique héritage.

SCENE IV.

BARSÉNICE, THERMODATE; *l'un & l'autre enchaînés.* VOLGÉSIE, ARBATE, PHARBASE. *Suite.*

BARSÉNICE.

VOTRE Fille, Madame, embrasse vos genoux.

THERMODATE.

Le respect à vos pieds prosterne son Époux.

BARSÉNICE.

On permet qu'une fois, je vous revoye encore.

THERMODATE.

Que ne puis-je emporter l'ennui qui vous devore!

VOLGÉSIE.

Je rends graces aux Dieux de l'état où je suis:
Quelque douceur du moins se mêle à mes ennuis.
Vos yeux ne verront point le rivage du Tibre;

(*Elle détache leurs fers.*)

Je l'obtiens de Glaphire, & ma Famille est libre.

(*Remarquant dans le maintien de ses Enfans l'expression de la plus vive reconnoissance.*)

C'en est assez: je vois l'état de votre cœur.

THERMODATE.

De quels affronts nous sauve une telle faveur!

BARSÉNICE.

Je dois donc Thermodate aux larmes de ma Mere.

THERMODATE, *en montrant Barsénice.*

Vous me rendez, Madame, une Épouse si chere.

(Narsès entre, suivi d'un Garde qui porte une Cassette, & qui s'arrête à quelque distance de Volgésie.)

VOLGÉSIE.

Levez-vous, mes enfans : votre Mere, en ce jour,
Des respects dûs aux Rois exempte votre amour.
Ce culte, ces honneurs que m'a rendu l'Asie,
Ne sçauroient plus toucher le cœur de Volgésie.

(Elle panche son front dans ses mains.)

C'est moi qui suppliante, & le front dans les mains,
Dois tomber désormais aux genoux des humains.
Heureuse encore, heureuse au sein de ma misere,
Si, respectant au moins les vertus d'une Mere,
Et tant de Rois fameux dont nous sommes issus,
Ils n'exigeoient de moi que ce que j'en reçus.

BARSÉNICE.

Le succès du combat vous cause des allarmes ?

THERMODATE.

Vous pouvez réparer le malheur de vos armes ;
Et votre Fils pour vous est un Soldat de plus.

VOLGÉSIE.

Je songe à vos destins ; les miens sont résolus.

BARSÉNICE.

Que je crains d'expliquer un si triste langage !

THERMODATE.

Quand notre liberté, Madame, est votre ouvrage,

Que Glaphire, oubliant tant de haine pour nous,
Vous remet votre Fille & lui rend son Époux ;
Quand, bien plus que l'éclat de votre Diadême,
La grandeur de votre âme impose aux Romains même,
Quelles craintes encor viennent donc vous troubler !

BARSÉNICE.

Quels sont donc les destins dont vous voulez parler ?

VOLGÉSIE.

Vous n'apprendrez que trop ce qu'ils ont de funeste :
Profitons cependant du moment qui nous reste.
Écoutez, & sur-tout obéissez aux loix
Que je vais vous donner pour la derniere fois.

Princes, les grands malheurs que depuis tant d'années,
Rassemble sur mes jours la main des Destinées,
La perte d'un Époux si cher à mon amour,
Votre chûte du Trône en une obscure Tour,
Le combat, ou plutôt la surprise perfide
Dont le succès causa cette chûte rapide ;
(En prenant la main de sa Fille.)
Les fers que cette main a si long-tems portés ;
(En mettant la main sur un des côtés de sa Fille.)
Les coups dont on a vu ces flancs ensanglantés ;
Le meurtre (je frémis d'horreur & de colere)
Le meurtre qui ravit le jour à votre Frere,
Le long massacre enfin de nos meilleurs Guerriers,
Dont une seule nuit a flétri les lauriers,
Et pour ouvrir le fond de mon âme allarmée,
Le peu d'espoir qui reste à ma nouvelle armée,
Tous ces maux, & l'aspect de tant d'autres horreurs
Qu'entraînent après soi de semblables malheurs,

Épuisent, je le sens, les forces ruinées
D'un corps déja courbé sous le poids des années.

THERMODATE.

Quel discours !

BARSÉNICE.

O ma Mere !

VOLGÉSIE.

Arrêtez, je finis.
Mes Sujets me sont chers ; les travaux infinis
Qui remplissent des Rois la glorieuse vie,
Sont encore un fardeau que ma vieillesse envie :
Cet amour que mon peuple aime à me témoigner,
Me consola long-tems du malheur de régner.
Mais mon front ne peut plus soutenir la Couronne.
Pour vous, que les Destins appellent sur le Trône,

(Elle montre le Garde qui porte une Cassette.)

Recevez, ô mon Fils ! ces sacrés ornemens,
De la valeur d'Arsace antiques monumens ;
Je vous remets encore une Fille si chere.
Pour elle ayez l'amour qu'avoit pour moi son Pere.
Et vous, toujours plus digne & de vous & de moi,
Chérissez votre Époux, respectez votre Roi.
Je ne vous parle point d'achever l'hymenée,
Dont Tigrane a troublé la fête infortunée ;
Je m'en repose assez & sur elle & sur vous ;
Je vous laisse en partant le nom sacré d'Époux :
Mais il faut que le Ciel le consacre lui-même,

(En montrant Barsénice.)

Que son front aux autels soit ceint du Diadême.
Retournez chez le Parthe, & souvenez-vous bien
Que votre vrai bonheur est fondé sur le sien ;

Que, s'il vous rend un culte aussi saint qu'à l'Aurore,
Vous devez ressembler à l'astre qu'il adore;
Bienfaisant comme lui, répandre dans ses mains,
Les trésors qu'il produit en faveur des humains;
Enfin à mes Sujets qui perdent une Mere,
O mon Fils! mon cher Fils! allez donner un Pere.
Je les laisse à regret; dites-leur que pour eux,
Vous avez vu couler des larmes de mes yeux;
Et que, malgré l'affront qui menace ma gloire,
J'espere encor long-tems revivre en leur mémoire.
Mes enfans, recevez & ces vœux & ces loix,
Et ces embrassemens pour la derniere fois.
Partez, il en est tems, &, si je vous suis chere,
Dérobez vos chagrins aux regards d'une Mere.

THERMODATE.

Quoi! lorsqu'à peine encor vos mains nous ont sauvés
Des affronts où Varus nous avoit réservés,
Vous voulez....

VOLGÉSIE.

Je le veux, & gardez-vous d'attendre
Que Tigrane en ces murs vienne enfin vous surprendre.

THERMODATE.

Ainsi, donc vous laissant en proie à vos douleurs,
Nous irions chez le Parthe usurper vos honneurs!
Madame, le respect nous forçoit au silence;
Mais c'est trop à nos cœurs faire de violence,
L'éclat de ce bandeau n'éblouit point nos yeux.

BARSÉNICE.

Nous ne recevons point vos funestes adieux.
Vous partez, dites-vous: en quel lieu de l'Asie
Prétendez-vous encor nous cacher Volgésie?

THERMODATE.

Faut-il donc fuir le Trône & le fuir de si loin,
Pour chercher le repos dont vous avez besoin ?
Régnez ; rendez sa Reine au peuple qui vous aime ;
Je laisse dans vos mains le sacré Diadême.
Régnez ; &, vous livrant toute entiere à ma foi,
Du soin de vos Sujets reposez-vous sur moi.

BARSÉNICE.

Moi-même, pour eux tous, j'aurai votre tendresse,
Je leur consacrerai mon heureuse jeunesse.
Sur les jours écoulés dans des travaux si doux,
Je prendrai seulement quelques instans pour vous.
Madame, je viendrai vous conter les merveilles
Qu'auront produit, pour eux, vos leçons & nos veilles.
Pour charmer vos ennuis, je viendrai chaque jour
De ce peuple si cher vous redire l'amour ;
Je rendrai par mes soins, à votre âme ravie,
Ce qu'il a retranché d'une si belle vie.

VOLGÉSIE.

Cruels ! vous achevez de déchirer mon cœur ;
Partez, votre tendresse irrite ma douleur ;
Montrez-moi moins d'amour & plus d'obéissance.

THERMODATE.

Pourquoi nous faites-vous une pareille offense ?
Vous voulez, attachée à ces funestes lieux,
Qu'une Fille & qu'un Fils s'éloignent de vos yeux ;
Et comme s'ils causoient l'ennui qui vous dévore,
Vous comptez les momens qu'ils y restent encore !
Quel est votre dessein ? Quelle grande raison
Sépare vos enfans du Chef de leur maison ?

Et quel charme nouveau, plus étonnant peut-être,
Vous retient en des lieux où Tigrane est le maître ?

VOLGÉSIE.

Partez.....

BARSÉNICE.

Au nom des Dieux, découvrez des secrets
Qui nous font redouter les plus tristes projets !
Par l'amour maternel où vous trouviez des charmes,
Par l'amour filial dont vous voyez les larmes.....

VOLGÉSIE.

Eh bien ! vous le voulez, demeurez en ces lieux ;
L'un & l'autre attendez qu'un Consul à vos yeux,
Entraînant votre Mere, à son Char qu'il prépare,
De mes cruels enfans lui-même me sépare.

THERMODATE.

Quoi ! vous êtes le prix de notre liberté !....
Mais ce projet encor n'est point éxécuté.
Non, vous ne ferez point ce cruel sacrifice.

BARSÉNICE.

Quel crime contre vous a commis Barsénice !
Pour porter dans son cœur le douloureux remord,
Quand je vous dois le jour, de vous donner la mort ?
Ah ! n'est-ce donc qu'ainsi que je vous étois chere ?
Et de quel droit vient-on disposer de ma Mere ?
Madame, c'est un bien que le Ciel m'a donné ;
Du moins à vos Sujets ce bien fut destiné....
Nous défendrons leurs droits ; &, dès ce moment même,
Vous laissant votre gloire & votre Diadême,
Nous rentrons dans les fers.

VOLGÉSIE.

Inutiles projets.
De votre amour pour moi j'ai prévu les effets :
Partez ; &, si mon ordre enfin ne peut suffire,
Pharbase, exécutez les ordres de Glaphire.
Qu'on les mene en leur camp. Toi, Narsès, suis mes lois :

(Elle prend & ouvre la Cassette qui est entre les mains du Garde, & la remet dans celles de Narsès. Elle tire son anneau de son doigt, détache son bandeau de son front, son épée de son côté, & remet tous ces Ornemens Royaux entre les mains du même Officier.)

Je dépose en tes mains ces ornemens des Rois,
Cet Anneau que portoit Vologese lui-même,
Son Sceptre, son Épée, avec son Diadême.
Va, remets à mon Fils ces marques de mon rang,
Et sers ta Reine encor dans un Roi de mon Sang.
Adieu. Vous, oubliez mes tristes destinées ;
O mes enfans ! vivez mes jours & vos années.

(Pharbase & des Gardes obligent Thermodate & Barsénice de se retirer. Ce Prince & cette Princesse marchent à pas très-lents vers le fond du Théâtre, & en se retournant deux ou trois fois pour regarder leur Mere & leur Libératrice, qu'ils n'esperent pas de revoir jamais.)

SCÈNE V.

VOLGÉSIE, ARBATE; *Suite.*

VOLGÉSIE.

Quelle ſombre douleur ! quel déſeſpoir profond
Je vois dans leurs regards, & je lis ſur leur front !
Quand la mort eſt le bien qu'un malheureux envie,
Quel préſent on leur fait en leur donnant la vie !
Triſte effet de mes ſoins ! j'immole à leur bonheur,
Ma liberté, mes jours & ma propre grandeur ;
Il ne me reſte rien de tout ce qu'on adore,
Et je les rends cent fois plus malheureux encore
Qu'ils ne l'étoient, hélas ! & que je ne le ſuis !
Dieux ! n'eſt-ce point aſſez & d'opprobre & d'ennuis ?

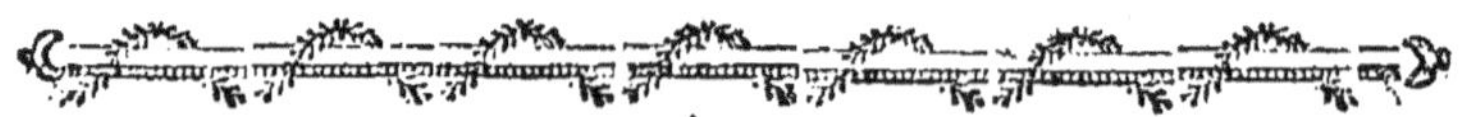

SCENE VI.

VOLGÉSIE, BARSÉNICE, THERMODATE, TIGRANE, NARSÈS, ARBATE; *Suite.*

BARSÉNICE, *au fond du Théâtre.*

On vient, & c'eſt Tigrane.

TIGRANE.

Oui, c'eſt lui-même, ingrate,
Qui retient dans les fers votre cher Thermodate ;

C'eſt lui-même qui, plein d'un trop juſte courroux,
Vient mêler votre ſang au ſang de votre Époux ;

(En montrant Volgéſie.)

Et ſous vos yeux mourans verſer encor peut-être.....
J'abhorre juſqu'au ſang qui vous a donné l'être ;
Que vous méritez bien une pareille mort !
C'eſt à vous que je dois les horreurs de mon ſort.
Sous l'appât trop flatteur d'un plus puiſſant empire,
Vous m'avez fait vous-même abandonner Glaphire,
Et ces dons qu'à l'envi vous verſiez dans mes mains,
M'ont fait perdre ſans fruit l'amitié des Romains.
Dans ce dernier combat, j'ai vu Varus tranquile
Laiſſer loin de mon Camp ſon armée immobile ;
Un ſi lâche abandon conſternant mes Soldats,
Ils ont mal ſecondé les efforts de mon bras.
N'en croyez pas pourtant au bruit dont votre armée,
Pour ſemer la terreur, trompe la renommée ;
Il ne ſont point défaits ; au ſein de mes remparts,
J'ai ſous les yeux d'Orban guidé mes étendards,
Et, déja diſſipant leurs premieres allarmes,
Ils brûlent avec moi de reprendre les armes.
Varus s'efforce en vain de corrompre leur foi ;
Ils ſont accoutumés à combattre ſous moi ;
Et l'hymen, qui bientôt va m'unir à Glaphire,
Sur leurs eſprits encore affermit mon empire.
Je l'attends en ces lieux, où déja les autels
Fument de cet encens qu'on doit aux Immortels ;
Ils n'exigent plus rien de moi que des victimes,
C'eſt à moi d'acquitter ces tributs légitimes,

(Il porte la main ſur ſon épée.)

A ma main même.

VOLGÉSIE.

Arrête.

TIGRANE, *à Volgésie.*

Eh ! ne m'est-il permis
D'immoler à nos Dieux de pareils ennemis ?

(*A Barsénice.*)

J'en ai fait trop long-tems la promesse frivole ;
Mais je suis près d'aller plus loin que ma parole.
Glaphire, qui m'a vu capable d'un forfait,
Penseroit que l'amour en retarde l'effet.

(*Avec le ton & l'air du dépit.*)

Perfide, je le vois ; ah ! quoi qu'il vous en coûte,
Votre dessein n'est pas que j'y manque sans doute.

THERMODATE, *à Barsénice.*

Sa bouche a prononcé votre arrêt & le mien.
Prouvez-moi votre amour, en ne m'en montrant rien.
Mourons ; mais méritons de vivre ailleurs encore :
D'un jour plus beau, ce jour n'est qu'une foible aurore.

(*En se montrant lui-même.*) (*En montrant Tigrane.*)

Sur mon exemple ôsez dédaigner son courroux :
Arsace est votre ayeul, & je suis votre Époux.

(*A Tigrane, en montrant Barsénice.*)

Frappe, exauce du moins un vœu si légitime,
Que Barsénice soit la premiere victime.
Tigrane, que ses yeux, fermés à tant d'horreurs,
Au sang de son Époux ne mêlent point de pleurs :

(*En montrant Volgésie & se montrant lui-même.*)

Permets que nos regards, soutenant sa foiblesse,
Raniment son orgueil & glacent sa tendresse.

TIGRANE, (*à Barsénice, avec un dépit mêlé de fureur.*)

Je vous vois dans ses bras jouir de mon tourment,
Je vous vois admirer la fierté d'un amant!
Qu'on appelle Glaphire. Oui, c'est sous ses yeux même,
Que je dois lui prouver qui je hais, ou qui j'aime.
Je veux, pour l'élever à mon suprême rang,
Lui présenter ma main teinte de votre sang.

BARSÉNICE.

Barbare!

TIGRANE, (*s'élevant par degrés aux derniers excès de la fureur.*)

De tels noms n'expriment point encore
Cette férocité d'un cœur qui vous abhorre.
Un tigre qui se plaît à se désaltérer
Dans le flanc des humains qu'il vient de déchirer;
Qui, ne respirant plus que sang & que vengeance,
Des fruits qu'il a conçus dévore encor l'enfance;
Qui bientôt de lui-même exécrable vautour,
Ronge le propre sein qui leur donna le jour:
Plus horrible est cent fois le démon qui m'agite;
La soif que j'ai du sang, en l'abreuvant, s'irrite.
A moi-même en horreur, je suis un monstre enfin,
Tel que de votre Mere en a conçu le sein.
Rien ne m'est plus sacré, sexe, foi, Diadême;
Je vous teindrai du sang de votre Mere même;
Du sein de cette Mere & du sein d'un Époux,
J'arracherai le coeur percé de mille coups;
A vos yeux enflammés d'un amour que j'abhorre,
Je veux les présenter tout palpitans encore;
Venger jusques sur vous ma flamme & mes revers.
Enfin vous dévouant avec eux aux Enfers,

J'irai jusqu'à l'instant que moi-même j'y tombe,
De malédictions foudroyer votre tombe,
Expirer au milieu de si justes transports,
Et vous en effrayer jusqu'au séjour des morts.....

(*Ismane entre, & tout interdit, laisse tomber son front dans ses mains.*)

On vient, graces aux Dieux .. Ismane, est-ce Glaphire ? ...
Quel est donc ce silence, & que veut-il me dire ?
C'est elle-même enfin. Mais, qu'est-ce que je vois ?

SCENE VII ET DERNIÈRE.

TIGRANE, THERMODATE, VOLGÉSIE, BARSÉNICE, NARSÈS, ARBATE, GLAPHIRE, CLÉONE, ISMANE, PHARBASE; *Suite.*

(*Le fond du Théâtre s'ouvre & présente Glaphire sur le Trône, & les Grands d'Arménie qui l'environnent; le Peuple dans l'enfoncement.*)

GLAPHIRE.

Quel mortel téméraire éleve ici la voix ?
Esclave foible & fier de l'amour & du crime,
Arrête; c'est à moi de choisir ma victime.

TIGRANE.

Glaphire sur mon Trône, & les Grands de l'État,
Autour d'elle rangés, servent cet attentat !

Quoi !

Quoi ! dans tout mon Palais à ſes ordres fidele,
La perfidie éclate & le fer étincelle !
Glaphire ſous mes yeux regne ſur mes Sujets !

GLAPHIRE.

Je regne ſur les miens, qu'ont laſſé tes forfaits :
Je t'en ai prévenu, quand ta rage fatale
Oſoit m'offrir ta main offerte à ma rivale ;
Je t'ai promis qu'ici, parjure à ton retour,
Tu trouverois enfin le prix d'un tel amour.
Tu m'offrois vainement ta main & l'Arménie ;
Rien n'a pu de mon cœur bannir ta perfidie ;
Et quand même l'Amour t'eût rangé ſous ma loi,
Un cœur qui m'a trahie eſt indigne de moi.
Quelque haîne pourtant qu'on doive à cette offenſe,
Jamais ce ſentiment n'eut part à ma vengeance ;
L'Amour, l'Amour lui-même, en entrant dans mon cœur,
A gardé ſes vertus & quitté ſa fureur.
Ne crains pas qu'en ce jour Glaphire ſe démente :
Si tu n'euſſes en elle outragé que l'amante,
Si tu n'euſſes bleſſé des intérêts plus ſaints,
Ma retraite t'eût ſeule inſtruit de mes dédains.
Mais je ſuis, tu le ſçais, citoyenne de Rome,
Et je ne penſois pas qu'il fût au monde un homme
Qui jamais contre moi, ni contre les Romains,
Pût tourner les bienfaits qu'il reçut de nos mains.
Leurs intérêts ici retiennent ſeuls Glaphire ;
Je refuſe ta main ; je reprends mon Empire.
Sujet de mes Ayeux, ce Peuple m'eſt ſoumis,
Et ce ne ſont point-là tes plus grands ennemis.
Le Conſul, ſaiſiſſant l'inſtant de ton abſence,
A fait rentrer ton camp ſous notre obéiſſance,

Et mes yeux satisfaits ont vu de toutes parts
Vôler l'Aigle Romaine au sein de ces remparts.
Tu n'as plus de couronne & tu n'as plus d'armée;
Tu perds tout en un jour, jusqu'à ta renommée.
(*Aux trois Arsacides.*)
Et vous, dont le destin dépend ici de moi,
Vous chez qui la vengeance est la premiere loi,
Vous, qui ne subjuguez les cœurs que par la guerre,
Aveugles ennemis des Héros de la Terre,
Apprenez tous enfin où peuvent m'emporter
Ces augustes mortels que l'on ôse insulter.
Je veux qu'une Princesse, un Roi qui les abhorre,
Et vous, Reine du Parthe, en jugiez mieux encore.
De la mort tous les trois affrontant le danger,
Dans les derniers malheurs vous vouliez me plonger;
Mais je descends du Trône, afin que ma main même
Signale ma vengeance & mon pouvoir suprême;
Ce dernier trait du moins devra vous étonner:
Je veux ici moi-même....

THERMODATE.

Eh quoi!

GLAPHIRE.

Vous couronner.
De nos chars de triomphe affranchir votre Mere,
Et vous laisser encore une haîne si chere.

BARSÉNICE.

O Rome!

VOLGÉSIE.

Que de traits me frappent à la fois!
Rome en effet, en vous, semble au-dessus des Rois.

GLAPHIRE.

Vous avez tous contre elle épuisé votre haîne ;
Enfin contemplez-la dans une âme Romaine.
Je ne peux vous l'offrir dans toute sa splendeur ;
Mais vous voyez du moins l'ombre de sa grandeur.
Je veux toujours, sensible aux intérêts de Rome,
Au prix d'un grand Empire acheter un grand-homme,
Et jusqu'en vos erreurs, admirant vos vertus,
Relever, malgré vous, vos destins abattus.
Tous trois, jusques ici, vous m'avez outragée ;
Régnez amis de Rome, & me voilà vengée.
Et toi, Mortel ingrat, & Monarque sans foi,
Indigne également de mon Trône & de moi,
Je pourrois, dans ton sang, punir encor tes crimes ;
Mais il faut à mon cœur de plus nobles victimes.

(*A Thermodate.*)

Prince, réglez son sort, je le livre en vos mains :
Prononcez, je réponds de l'aveu des Romains.

(*A Tigrane.*)

Quel que soit cependant ton crime & mon offense,
Je veux bien dérober ta tête à leur vengeance ;
Mais n'attends rien de plus après tant d'attentats.

(*A Thermodate.*)

C'est à vous d'assurer la paix dans vos États.

VOLGÉSIE.

Que nous connoissions peu les Romains & Glaphire !

(*A ses Enfans.*)

Hâtez-vous de chérir des mortels que j'admire.

Ces Romains, dont l'exemple a fait des cœurs si grands,
Amis de l'Univers, n'en sont pas les Tyrans;

(*Elle met sa main dans celle de Glaphire.*)

Ce sont nos Alliés; votre Mere l'ordonne.

THERMODATE, *à Glaphire.*

O Reine, de vos mains, je reçois la Couronne,
Et de Rome avec vous reprenant les chemins,
Je vais dans leurs murs même admirer les Romains:
Mais pour ma propre gloire & par reconnoissance,
Je dois sur votre exemple user de ma puissance.
Tigrane, éprouvez-en le premier les effets;
Les transports de l'amour ne sont point des forfaits,
Et lorsqu'à cet excès sa fureur nous accable,
On est bien malheureux, on est bien peu coupable.
Soyez libre en ma Cour, & je veux....

TIGRANE.

Ah! quel sort!

THERMODATE.

Vous-même, prononcez; que voulez-vous?

TIGRANE.

La mort.

(*Il se tue.*)

J'aurois vu de trop près votre bonheur extrême,
Et j'aurois trop vécu pour vous & pour moi-même:

(*A Glaphire.*)

Et vous, Madame, & vous, dont l'auguste courroux
M'inspire, en m'accablant, tant de respect pour vous;

O vous, dont malgré moi, j'admire ici l'ouvrage,
Souffrez qu'en expirant, je vous rende un hommage.....
Mais la mort obscurcit le jour que j'entrevois,
Adieu, j'ouvre les yeux pour la derniere fois.

THERMODATE.

Il meurt.

GLAPHIRE.

Le nœud qui joint & Rome & votre Mere
Coûte une tête, hélas! qui m'étoit encor chere.

Fin du sixième & dernier Acte.

APPROBATION.

J'AI lu, par ordre de Monſieur le Lieutenant-Général de Police, *Les Arſacides, Tragédie*; & je n'y ai rien trouvé qui m'ait paru devoir en empêcher la repréſentation & l'impreſſion. A Paris, ce premier Juillet 1775.

CRÉBILLON.

Vu l'Approbation, permis de repréſenter & d'imprimer. Ce 17 Juillet 1775.

ALBERT.

De l'Imprimerie de C. SIMON, Imprimeur de LL. AA. SS. Meſſeigneurs le Prince de CONDÉ & le Duc de BOURBON, rue des Mathurins, 1775.

www.ingramcontent.com/pod-product-compliance
Lightning Source LLC
LaVergne TN
LVHW020318230826
846091LV00003B/715

* 9 7 8 2 3 2 9 0 6 3 2 6 3 *